DREAMBOOKS★

DREAMBOOKS

정령의 펜던트

발렌 판타지 장편소설

ORIGINAL FANTASY STORY & ADVENTURE

dream
books
드림북스

정령의 펜던트 16 믿을 수 없게도

초판 1쇄 인쇄 2021년 10월 7일
초판 1쇄 발행 2021년 10월 21일

지은이 발렌
발행인 오영배
편집 편집부
일러스트 보살
표지 · 본문 디자인 오정인
제작 조하늬

펴낸곳 (주)삼양출판사 · 드림북스
주소 서울시 강북구 도봉로 173
대표 전화 02-980-2112 **팩스** 02-983-0660
편집부 전화 02-987-9393 **팩스** 02-980-2115
블로그 blog.naver.com/dreambookss
출판등록 1999년 3월 11일 제9-00046호.

ISBN 979-11-283-7104-2 (04810) / 979-11-283-9513-0 (세트)

드림북스는 (주)삼양출판사의 판타지 · 무협 문학 브랜드입니다.

16
발렌 판타지 장편소설
ORIGINAL FANTASY STORY & ADVENTURE
믿을 수 없게도
정령의 펜던트
dream books
드림북스

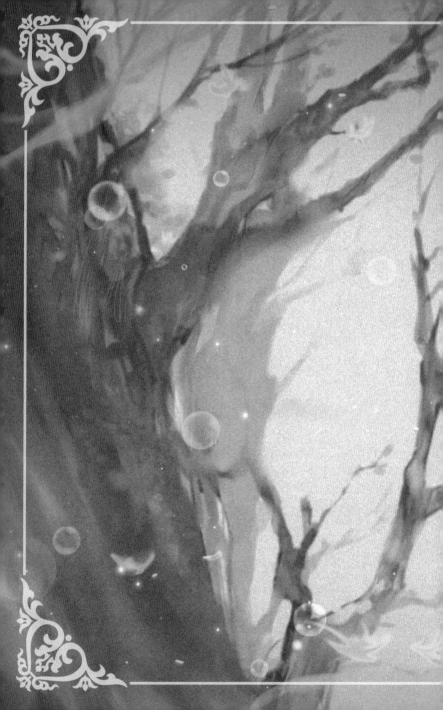

목차

---◆---

---◆---

Chapter 1.
계약의 정석

1.

도르하에서 노예 상인의 윗선을 잡는 일은 결국 헛수고로 끝이 났다. 애초에 약속 날짜가 아니었는지, 그도 아니면 미리 눈치를 채고 도망이라도 친 건지 의심할 만한 자는 아예 나타나지조차 않았다.

그래도 만약이라는 것이 있기에 오늘 술집에 왔던 자들 전부의 뒤를 밟기로 했다. 에이단의 동물들과 셰임을 비롯한 정령들이 수고해 주기로 했지만, 바율은 크게 기대하지 않았다.

그에게도 감이라는 것이 있었다. 물론 그 느낌이 항상 맞는 건 아니나, 이번 일은 왠지 이쯤에서 마무리가 될 것 같았다. 어쩐지 입맛이 쓴 바율이었다.

"카셀이란 놈은 언제 보기로 했어?"

술집을 나서며 에이단이 물었다. 녀석은 사실 아까부터 그 순간을 가장 기다렸다. 대체 어떻게 생겨 먹은 놈인지 너무나 궁금했기 때문이다.

"템페스타에게 연락이 왔는데, 내일 캐링스턴으로 직접 오겠대."

"으잉? 여기서 만나는 거 아니었어?"

"딱히 장소를 미리 정했던 건 아니니까."

"노예 경매가 열렸던 곳이니 본인도 조금은 꺼림칙한 모양이지?"

"글쎄. 그런 걸 신경 쓸 타입은 아니었던 것 같은데."

"맞아. 그건 아닐 거야. 다른 꿍꿍이가 있다면 모를까."

바율의 의견에 공감한다는 듯 라나사가 눈매를 가늘게 모았다.

"그 머리 좋은 정신병자가 이번 일을 어떤 식으로 해결할지 갑자기 무진장 궁금해지네. 감찰 대신이라고 했으니, 뭐라도 하려고 들지 않겠어?"

바율은 조용히 고개를 끄덕거렸다. 이미 이쪽에선 만월 기사단과 보스트리지 남작의 사병이 움직이고 있었다.

불의 장막으로 경매장에 가두어 두었던 구매자들을 처벌

할 시간이었다. 이 일 때문에 맥 보좌관은 캐링스턴에 온 지 며칠 되지도 않아 다시 황도로 올라가고 있었다. 바율이 아직 아카데미에 매인 몸이다 보니, 그가 대신 나서서 해야 할 일이 많았다.

"근데, 보스트리지 남작…… 님에게 맡겨도 되는 걸까?"

아무래도 라나사의 양부이다 보니 말할 때마다 알게 모르게 그녀의 눈치가 보일 수밖에 없었다. 에이단이 슬쩍 곁눈질을 하자 라나사가 특유의 냉소적인 말투로 말했다.

"난 신경 쓰지 말라고 이미 얘기했을 텐데."

"그건 아는데…… 아무튼, 그 아저씨는 영 신뢰가 안 가서 말이지."

"신뢰?"

라나사는 잠시 생각에 잠겼다. 자신의 양부와 신뢰라는 단어를 결부시키자 절로 눈살이 찌푸려졌다.

"에이단, 넌 무슨 그런 소름 끼치는 소리를 하니?"

"소름?"

"그래. 그 인간이랑 신뢰라는 말이 어울린다고 생각해?"

"으음, 아니. 내가 생각이 짧았네."

"알면 됐다."

에이단의 빠른 수긍에 라나사가 몸서리를 치며 머리를 좌우로 흔들었다. 예전이나 지금이나 머릿속에 담고 싶지 않은 사람이었다.

"그래도 이언 경과 만월 기사단이 함께 있으니까 허튼수작을 부리진 않겠지. 그 정도 분별력은 있으신 분 같았어."

"바율, 네가 막판에 란데르트 공작 전하 얘기를 꺼내니까 눈빛이 확 달라지긴 하더라. 근데 의미를 왜곡해서 받아들인 것 같던데…… 그거, 경고하려고 했던 거 맞지?"

"응, 로건. 맞아. 상의도 없이 멋대로 굴어서 미안해, 라나사."

로건의 물음에 답하며 바율이 라나사에게 뒤늦은 사과의 말을 전했다.

"너무 화가 나서 나도 모르게 나서 버렸어. 기분 나빴다면 진심으로 사과할게."

"바율 네가 사과를 왜 해? 나 기분 하나도 안 나빴는데?"

긴 머리를 찰랑거리며 앞서 걷던 라나사가 눈을 동그랗게 뜨며 돌아봤다.

"네 덕분에 그 대머리한테 시집 안 가게 되었잖아. 물론 그런 일이 생겨 봤자 어차피 식장에서 깽판을 치고 달아나긴 했겠지만. 어쨌든 귀찮은 일을 사전에 막아 줬는걸? 나 오히려 살짝 감동도 했어."

"…그래?"

자존심이 센 라나사이니만큼 한 소리 들을 줄 알았는데 의외였다.

"그리고, 란데르트 공작 전하께서 내게 관심이 있다는 구라도 쳐 놨잖아. 지금쯤 아주 꿈에 부풀어 있을 거다. 그 꿈이 와장창 깨지는 걸 내 눈으로 직접 봐야 하는데, 기회가 있을까 모르겠네."

배신감에 부르르 떠는 모습을 보면 그간의 체증이 싹 다 날아갈 것만 같았다.

"아무튼, 공작 전하 덕분에 당분간은 편하게 지낼 수 있겠어. 앞으로도 그런 거짓말이라면 얼마든지 환영이니까, 종종 부탁할게."

생글생글 웃기까지 하는 걸 보니 정말로 기분이 좋은 모양이었다.

"훗."

"왜 웃어?"

느닷없이 로건이 피식 웃자 라나사가 실눈을 뜨며 그를 바라봤다.

"귀여워서."

"뭐?"

세상에 태어나 그런 말은 처음 들어 본다는 듯 라나사의 얼굴이 있는 대로 구겨졌다.

"네 별명과 지금 모습이 너무 차이 나니까. 라피트가 너를 왜 좋아하는지 갑자기 조금 알 것 같기도 하다."

"그 라피트란 녀석 때문에 내 심기가 하루에도 여러 번 뒤틀린다는 건 알고 하는 말이니?"

"…그래도 좋은 녀석이야."

"오, 로건. 형이라고 지금 편들어 주는 거야? 앞에서는 그렇게 구박만 해 대더니, 나름 형제애라는 게 있기는 한가 보지?"

"라피트 그 녀석이 좀 앞뒤 분간을 못 해서 그렇지, 심성은 착해."

"바율, 우리가 그걸 모르겠냐?"

바율이 로건을 따라 라피트를 두둔하자 일라이가 끌끌 혀를 차 댔다.

"그 녀석의 문제는 딱 하나야."

"하나?"

"그게 뭔데?"

"또. 라. 이. 어디서 무슨 짓을 벌일지 모르는 희대의 또라이라는 거지. 아마 라나사가 감당하기 힘들 거야."

라피트가 들었다면 펄펄 뛸 만한 얘기였다만, 친구들은 일라이의 평에 도저히 반박할 수가 없었다. '좋은 녀석'이라는 칭찬과 '또라이'라는 평이 한 사람을 동시에 일컬을 수 있다는 게 새삼 신기하다 여겨질 뿐이었다.

"어이! 이제 오나?"

이런저런 수다를 떨며 일행이 도착한 곳은, 왔을 때와 마찬가지로 포도밭이었다. 마황과 데스는 이미 먼저 와서 기다리고 있었다.

"여기에 말이라도 묶어 놓은 거야?"

라나사는 본가로 가지 않고 일행과 함께 있다가 바로 캐링스턴에 돌아가기로 했다. 지금 집에 갔다가는 양부모에게 시달릴 게 뻔한 탓이다.

멀쩡한 대로를 한참 비켜 가더니 생뚱맞게 포도밭에는 왜 온 건지, 라나사는 대관절 이해할 수가 없었다. 아무리 둘러봐도 말은커녕 마차도 보이지 않았다.

"라나사, 너 강심장이지?"

"뜬금없이 그건 왜 물어?"

"놀라지 말라고."

"나 웬만한 일로는 놀라고 그러는 사람 아니야. 보육원에서 자란 얘기 다시 해 줄까?"

"아니. 그런 마음가짐이라면 인정. 내가 괜한 걱정을 했네."

에이단이 미안하다는 듯 손을 휘저으며 모자 속에서 잉그리드를 꺼냈다.

"삐욕!"

놀라지 말라더니 갑자기 저 쪼그만 새는 왜 꺼내는 거야? 피그미 부엉이라고 했던가? 볼수록 귀엽긴 하네.

라나사가 저도 모르게 입가에 부드러운 미소를 지으며 잉그리드를 보고 있을 때였다. 자신의 주먹보다도 작았던 새가 점점 커지기 시작했다.

'뭐지? 내 눈이 미쳤나?'

라나사는 눈을 한 번 감았다가 떴다. 그녀는 자신이 착시 현상을 겪는 거라고 생각했다.

그러나 상황은 달라지지 않았다. 아니, 오히려 갈수록 놀라워졌다. 새의 몸집은 계속 비대해지고 있었다. 급기야 사람보다 더 크게. 말? 아니다. 마차의 크기가 무색할 정도로 몸이 부풀었다.

"와! 진짜 안 놀라네?"

"역시 라나사야."

비명이라도 지를 줄 알았던 라나사가 아무런 반응이 없자 에이단과 일라이는 왠지 김이 빠졌다.

하지만 그들이 라나사를 조금 더 자세히 보았다면 그녀가 현재 덤덤한 게 아니라 얼어 있다는 것을 눈치챘을 것이다. 라나사는 정말 크게 놀라면 말을 잃는 유형이었다.

"라나사, 뭐 해? 얼른 타!"

잉그리드가 밟고 올라오라는 듯 친절하게 날개까지 펴 주었다. 일행이 익숙하게 녀석의 등에 오르자 라나사도 더는 망설일 수 없었다.

"…가. 간다고."

라나사의 머릿속에 이런 그림은 없었다. 그 자그맣던 새가 커진 것도 놀라울 판에, 그걸 타고 날아서 이동을 하겠다니.

너희 전부 제정신이니?

그렇게 묻고 싶은 걸 겨우 참는 이유는 친구들의 너무나 자연스러운 태도 때문이었다. 짐작하건대 한두 번 타 본 게 아니었다.

"그럼 출발합니다."

에이단이 신호하자 잉그리드가 바닥을 박차고 날아올랐다. 그리고 라나사는 그제야 참았던 비명을 터뜨렸다.

"꺄아아악!"

어지간한 그녀도 어쩔 수 없었다. 몸이 허공으로 치솟는 낯선 경험을 하는 순간 절로 소리가 튀어나왔다.

"라나사, 걱정하지 마. 절대 떨어질 일은 없어."

바율이 그녀의 등을 토닥이며 응원했지만, 라나사는 첫 비행이 끝나는 순간까지 잉그리드의 깃털이 마치 고삐라도 되는 것처럼 절대 손에서 놓지 않았다. 무서워서 죽을 것만 같았다.

'제기랄, 이런 얘긴 해 준 적 없었잖아!'

2.

"잠깐 우리 집에 들렀다가 가자."

내일 카셀을 만나려면 다 같이 바율의 저택에 있는 편이 나았다. 그래서 우선 그쪽으로 방향을 정하고 가는 중이었는데, 갑자기 에이단이 가져가야 할 게 있다면서 녀석의 본가에 먼저 착륙을 시도했다.

"으아아아!"

라나사는 이륙보다 착륙이 더 무서웠다. 하강하는 속도가 생각보다 훨씬 더, 무지하게 빨랐다. 지면을 향해 내리꽂히는 상황 자체가 마치 현실이 아닌 느낌마저 들었다.

"욱."

속에서 뭔가 올라오려는 걸 겨우 참아 냈다.

"으차! 잉그리드, 수고했어!"

넓디넓은 정원에 잉그리드의 커다란 발자국이 새겨졌다. 내일 아침 정원사가 보면 기함을 하겠지만, 그건 에이단이 알 바 아니었다.

"너희도 같이 들어갈래?"

"아니야, 됐어. 얼른 다녀와. 지금 갔다가 괜히 네 할아버님 눈에 띄면 우리만 손해야."

레오네트 백작의 성정을 잘 아는 친구들은 누가 먼저랄 것 없이 한마음 한뜻으로 녀석의 청을 거절했다.

"어라? 근데 이 시간에 왜 저렇게 불이 훤하지?"

저택으로 발길을 돌리던 에이단은 뒤늦게 이상함을 감지하고 고개를 갸웃했다.

"지금까지 적재 작업을 하는 건가? 그럴 리는 없을 텐데……."

"집에 누가 오신 거 아니야?"

"아! 혹시 아버지께서 돌아오셨나?"

늘 사업으로 바쁜 탓에 본가에 머무르는 시간이 며칠 되지도 않는 분이셨다. 그리운 아버지를 떠올리자 자연스레 에이단의 입가에 환한 미소가 그려졌다. 녀석은 곧 한달음에 뛰어갔다.

"우리도 인사는 드려야겠지?"

아직 에이단의 아버지를 뵈지 못해 인사를 드린 적이 없었다. 바율과 친구들도 기대에 차서는 녀석을 따라 걸음을 빨리했다. 마황과 데스만이 어슬렁어슬렁 주위를 살피며 귀찮은 듯 이동했다.

"……!"

하지만 저택의 응접실을 차지하고 있는 건 그들의 기대와는 전혀 다른 사람이었다. 이 야밤에 레오네트 백작을 찾아온 건 다름 아닌 헥터 공작, 아니 헥터 후작이었다.

그가 어쩐지 비굴한 자태로 레오네트 백작과 면담 중이었다.

의외의 인물을 마주한 친구들은 서로 '어쩌지?' 하는 눈빛을 주고받다가 조용히 빠져나가려 했다. 헥터 후작과 인사를 나눌 만한 사이는 아니라고 여겼기 때문이다.

"이 야심한 밤에 어딜 갔다 오는 것이냐?"

그런데 예상치 못한 레오네트 백작의 목소리가 그런 일행의 발길을 붙잡았다. 그가 부리부리한 눈을 치켜뜨더니 손에 쥔 지팡이를 앞뒤로 까닥거렸다. 가까이 오라는 뜻이었다.

"너희는 왜 거기 멀뚱히 서 있어? 어른을 봤으면 예를 올려야지. 네놈들 부모가 그리 가르치더냐!"

손자인 에이단만 움직이는 것을 보고는 레오네트 백작이 버럭 노성을 내질렀다. 그에 바율과 친구들이 찔끔하며 후 닥닥 다가가 허리를 숙였다.

"오랜만에 뵙습니다, 레오네트 백작님."

"늦은 시각에 찾아뵈어 송구합니다."

"여전히 목청이 쩌렁쩌렁하신 게 보기 참 좋으십니다. 오래 사시겠어요."

"뭐야?"

백작은 배시시 눈웃음을 쳐 가며 인사말을 내뱉는 일라이를 어이없다는 듯한 눈빛으로 쳐다보았다. 말 자체에는 별문제가 없었지만, 풍기는 어감이 묘했다.

"그 부모에 그 자식이라더니. 쯧쯧, 맹랑한 게 아주 제 아비를 쏙 빼닮았구먼."

아카데미의 이사장인 라예가르와의 만남을 떠올리자 일라이의 태도가 하등 이상하게 느껴지지 않았다. 못마땅하다는 듯 인상을 쓰고 있지만, 사실 백작은 때와 장소를 가리지 않는 그들 부자의 이유 모를 자신감이 꽤 마음에 들었다.

"할아버지, 말씀 나누세요. 저희는 이만 올라가 볼게요."

에이단은 자연스럽게 화제를 전환했다. 조금 전 그의 할아버지는 일라이가 가장 싫어하는 말을 했다. 녀석에게 양부를 닮았다는 말을 했으니 성질을 부려도 할 말이 없다. 일라이가 입을 열기 전에 얼른 이곳을 벗어나야 했다.

'엥?'

한데 어쩐 일인지 일라이가 잠잠했다. 녀석은 인사를 끝으로 본인의 할 일은 다 했다는 양 그저 심드렁하게 주위를 살피고 있었을 뿐이다.

"넌 처음 보는 아이로구나."

그때 레오네트 백작이 라나사를 턱으로 가리켰다. 그러자 그녀가 차분하고 기품 있게 자신을 소개했다.

"안녕하세요, 레오네트 백작님. 만나 뵙게 되어 영광입니다. 라나사 델 보스트리지라고 합니다."

"오, 보스트리지라면 도르하에서 왔겠구나. 내 너의 아비하고는 제법 안면이 있지."

"아버지께 말씀 많이 들었습니다. 이리 늦은 시간에 무례를 범하게 되어 대단히 송구합니다."

"아니다. 평일도 아니고 주말인데 뭐 어떠냐. 가끔은 신나게 놀기도 해 봐야지."

공손한 라나사의 태도가 마음에 들었는지 레오네트 백작의 말투가 확연히 부드러워졌다.

어디 그뿐인가. 노기가 어려 있던 눈빛 역시 말도 못 하게 자애로운 빛을 띠고 있었다.

'에이단, 너희 할아버지 맞냐?'

'레오네트 백작님이 저런 표정도 지으실 수 있는 분이셨어?'

'너 친손자 아니지?'

그간 친구들이 레오네트 백작에 대해 본 거라곤 고성과 함께 지팡이를 휘두르는 모습이 전부였다. 그러나 지금은 마치 잃어버린 손녀라도 찾은 듯 정겨워 보인다.

평소 에이단에게 악마 1이라 불리던 분은 어디로 갔단 말인가. 다들 경악하는 것도 무리는 아니었다.

'할아버지도 할아버지지만, 라나사 쟤는 어떻고?'

'오줌이 마렵다느니, 뚝배기를 깐다느니 하던 애 맞냐?'

'옥수수를 털어 버리겠다고도 했었지.'

'근데 왜 저렇게 얌전을 떨어? 사람 헷갈리게.'

물론 겉으로야 맞춘 옷을 입은 것처럼 매우 잘 어울렸지만, 이제는 라나사의 실상을 너무 잘 아는지라 오히려 저런 모습을 편히 눈 뜨고 보고 있기가 힘들었다.

에이단이 할아버지 모르게 토하는 시늉까지 선보였으나, 백작과 계속 이어지는 대화에서도 라나사의 두꺼운 가면은 절대 벗겨지지 않았다.

예절 교육만큼은 끝내주게 잘 배운 티가 팍팍 나는 걸 보니, 친구들은 괜스레 마음이 짠하기도 했다.

"저…… 레오네트 백작님."

그렇게 얼마나 시간이 지났을까. 더는 기다리기가 곤란했는지 헥터 후작이 조심스럽게 말문을 열었다.

"이런! 내가 손님을 곁에 두고 너무 딴청을 피웠군. 늙으면 이렇다니까. 미안하이."

백작이 일부러 그랬다는 걸 모를 만큼 후작은 바보가 아니었다. 하지만 아쉬운 건 후작 쪽이었다. 오늘 그는 납작 엎드려야 할 상황이었으니.

"아닙니다. 오랜만에 귀한 손자를 만나셨으니 충분히 그러실 수 있지요."

전에 없이 깍듯하고도 유순한 말투가 후작에게서 새어 나왔다. 유일한 아들인 자레드가 감옥으로 끌려가는 순간까지도 고압적이고 당당한 태도를 잃지 않던 그가 어째서 이렇게 변한 것인지 궁금해질 참이었다.

"그러고 보니 그 귀한 손자를 자네 아들이 해치려고 하였지."

"……!"

"갑자기 불쾌한 기억이 떠오르는군."

"…그 점은 입이 열 개라도 할 말이 없습니다. 아비로서 그저 죄송할 뿐입니다. 녀석도 반성하며 죗값을 치르고 있으니 너그러이 용서를 해 주시길 부탁드립니다."

"자네 같으면 그렇게 금방 용서가 되겠는가? 내가 아직도 그때만 생각하면 피가 거꾸로 솟는다네! 내 땅, 여기 캐링스턴에서 감히 그런 짓을 벌여? 만약 이 녀석이 잘못되었으면 자네를 여기서 이렇게 마주 보고 있을 수도 없었을 거야!"

레오네트 백작이 지팡이로 바닥을 쾅 내리찍자 헥터 후작은 눈을 질끈 감았다. 전부 예상했던 바였다. 예전이라면 절대 참을 수 없는 모욕이었지만, 지금의 그에겐 이 정도는 견딜 만했다.

"백 번이라도, 아니 수천 번이라도 분이 풀리실 때까지 사죄토록 하겠습니다. 하니…… 제발 물자 좀 풀어 주십시오……."

헥터 후작은 간절한 염원을 담아 사정했다. 그는 숫제 무릎이라도 꿇을 기세였다.

바율과 친구들은 나갈 타이밍을 놓쳐 애매하게 선 채로 그런 후작의 모습을 고스란히 볼 수밖에 없었다. 눈에 띄게 수척해진 얼굴 하며 축 처진 어깨가 어쩐지 그와 참 안 어울린다는 생각이 들었다.

오늘 그의 방문 목적이 무엇 때문인지도 단박에 알 수 있었다. 솔직히 어느 정도 짐작은 했었다. 정계에서도 완전히 물러나 거의 은거하다시피 한 그가 돌연 레오네트 백작가를 찾아온 이유가 달리 무엇이겠는가.

일전에 일상생활의 불편함이 무엇인지 깨우쳐 주겠다며 베노이스트로 가는 모든 물류를 중단하라던 백작의 명이 선명하게 떠올랐다.

그 때문에 영지민들이 폭동을 일으켜서 난리가 났었다는 소식까지도 전해 들었다. 그래도 잘 정리하고 버티며 사는 줄 알았는데, 그것도 한계에 다다른 모양이다.

고개를 푹 숙이며 애걸하는 모양새가, 진짜 예전의 헥터 공작이 맞는지 의심이 들 정도였다.

"헥터 후작. 고개를 들게."

'후작'이라는 단어를 왠지 강조하는 듯해 무척이나 거슬렸다. 하지만 헥터 후작은 속내를 완벽하게 감추며 끝까지 불쌍한 척 연기했다.

기실 그는 지금 수치스러움에 당장이라도 자리를 박차고 나가고 싶었다. 하나 현재 닥쳐 있는 위기를 생각하면 차마 그럴 수가 없었다.

다국적 상단을 거느리고 있는 제국의 제일가는 부자를 상대한다는 건 예상보다 녹록지가 않았다.

처음엔 다른 상단을 통해 물건들을 들여왔다. 하지만 그 질이 떨어짐은 물론이요, 원하는 수요를 맞추기도 어려웠다.

나중에는 레오네트 가문의 압박 때문에 거래를 거부하는 곳까지 생겼다. 그러니까 한마디로 그의 영지는 지금 거의 초토화 상태나 마찬가지였다.

어떻게든 레오네트 백작을 구슬려서 작은 숨통이라도 트여야 미래를 도모하든 말든 할 수가 있었다. 그가 창피함도 무릅쓰고 이렇게 찾아온 것은 그래서였다. 그만큼 후작은 절박했다.

"너희들 생각은 어떠하냐."

백작의 두 눈은 여전히 헥터 후작을 보고 있었지만, 그의 질문은 손자와 친구들을 향했다.

"따지고 보면 직접적인 피해자는 너희가 아니었더냐. 내가 헥터 후작의 청을 들어주는 것이 옳다 여겨지느냐?"

"아니요. 싫은데요."

에이단은 일말의 주저함도 없이 거부했다. 그간 자레드 놈에게 당했던 것만 생각하면 아직도 이가 갈렸다. 할 수만 있다면 감옥으로 찾아가 두들겨 패 주고 싶을 때도 있었다.

"내 손주 녀석은 일단 싫다는군. 다음."

백작은 에이단뿐 아니라 모두에게 의견을 들을 작정인 듯했다.

"저도 싫습니다. 뭐, 죽기야 하겠습니까?"

히죽거리며 말하는 일라이에게선 조금의 동정심도 찾아볼 수 없었다. 역시 그럴 거라 짐작했다.

"저는 조금 생각이 다릅니다."

잠자코 있던 바율이 입을 연 것은 그때였다.

"달라? 어떻게?"

"아무 죄 없는 영지민들이 피해를 보고 있으니까요. 다른 이해 상황은 모르겠지만, 적어도 애꿎은 그들에게 죄를 묻고 싶지는 않습니다."

"저도 같은 생각입니다."

로건이 동의하자 퀸도 기다렸다는 듯 고개를 끄덕였다. 자고로 사고는 윗사람이 치고, 피해는 아랫사람들이 보는 경우가 종종 있었다. 평소에도 그 불합리함을 이해하지 못하던 그들이다.

헥터 후작이 꼴도 보기 싫은 건 엄연한 사실이지만, 상관도 없는 영지민을 괴롭히고 싶지 않은 것 역시 진심이었다.

"라나사, 네 생각은 어떠하냐?"

레오네트 백작이 마지막으로 라나사에게 물었다. 그녀의 평소 성격대로라면 '제가 알 바 아닌 것 같은데요'라는 말이 튀어나와야 정상이었다.

그러나 지금 그녀는 내숭 백 단의 고상한 여인 흉내를 내는 중이었다. 라나사는 짐짓 고민하는 척 머뭇거리더니 이내 결론을 내렸다.

"우선 영지민들에게 죄가 없다는 데엔 저도 동의합니다. 그들은 운이 나빴던 거죠. 레오네트 백작님과 같은 분을 영주님으로 두었다면 평생 겪지 않아도 될 일이었을 테니까요."

"하하, 그래?"

라나사의 아첨이 듣기 좋았는지 백작이 껄껄 웃음을 터뜨렸다.

"제 사견으로는 헥터 후작님께서도 그동안 죗값을 톡톡히 치르신 것 같으니 이쯤에서 용서해 주시는 것도 나쁘지 않을 것 같습니다. 단, 경고 차원에서 뭔가를 보여 주셨으면 하는 바람이 있습니다."

"이를테면?"

"일반적인 수수료의 두세 배 정도면 적당하지 않을까요?"

"호오! 이제 보니 이쪽 일에 재능이 있어 보이는구나?"

"제가 당하는 걸 되게 싫어하거든요. 게다가 얻고 싶은 게 있다면 마땅히 그에 따른 대가를 지불하는 것이 정석이라 배웠습니다."

"그렇지! 거래라는 건 본디 그러한 게지!"

헐!

에이단은 기가 막힌다는 표정으로 자신의 할아버지를 바라봤다. 만난 지 얼마나 되었다고 라나사를 보는 눈에 아주 꿀이 떨어지신다. 이건 흡사 여동생인 라라를 대하는 듯했다.

"오늘 들은 것 중 가장 마음에 드는 답변이로구나!"

레오네트 백작이 손바닥으로 무릎을 치며 헥터 후작을
돌아보았다.

"어떤가? 그리하겠는가?"

"레오네트 백작님의 자비로움에 감사드릴 따름입니다."

그 정도 각오는 당연히 하고 왔다. 백작은 뼛속까지 상인
이었다. 상인은 언제 어디서나 이윤을 추구하는 자들이다.
당분간 출혈은 크겠다만, 일단은 한시름 놓게 되었으니 밑
지는 거래는 아니었다.

이도 저도 안 되면 눈물로 호소라도 할 참이었는데 진정
다행이 아닐 수 없었다.

"감사는 내가 아니라 이 녀석들에게 하게나. 난 오늘 무
조건 거절할 참이었으니까."

"……!"

헥터 후작은 가능한 한 마주치지 않으려고 노력했던 시
선을 처음으로 맞췄다. 그리고 겨우 용기를 내 입을 열었
다.

"…고맙다."

그의 아들을 옥에 가둔 원흉들에게 고맙다고 말하는 작
금의 상황이 기가 찼지만, 속과 다른 모습을 내보이는 건
그에겐 매우 쉬운 일이었다.

"그럼 저는 이만 물러가 보겠습니다. 늦은 시각까지 시

간을 내주셔서 감사했습니다."

"조만간 계약서를 보내도록 하겠네."

헥터 후작은 조속히 묵례를 하고는 도망치듯 저택을 나섰다. 바깥 공기를 마신 순간, 그의 안색이 삽시간에 분노로 점철되었다.

내 이 수모는 반드시 갚겠다!

그가 이를 악물며 걸음을 옮기자, 그의 심복이 재빨리 마차의 문을 열었다.

"그래, 그년은 지금 어쩌고 있다더냐?"

마차에 오르기 전 헥터 후작이 은밀하게 물었다. 잘만하면 아주 큰 약점을 손에 쥘 수 있었다.

"아직 마음에 드는 걸 찾지 못한 모양입니다. 슬슬 저희 쪽에서 먼저 나서도 되지 않을까 싶기도 합니다. 이제 얼마 남지 않았으니까요."

"그래, 얼마 남지 않았지."

그런 깜찍한 계획을 세우고 있는데, 알아줄 사람 하나 없으면 얼마나 속이 상할까.

"앙큼하게도 그런 짓을 벌여?"

물론 그 덕에 그에게도 기회라는 게 생겼다. 그때가 오면 오늘의 이 치욕과, 지나간 모든 것에 대한 이자를 수천, 수만 배로 물을 작정이었다.

'란데르트 공작, 기대해도 좋을 것이오.'

헥터 후작이 음흉한 미소를 지으며 마차에 올라탔다. 그를 실은 마차가 곧 빠르게 레오네트 백작가를 벗어났다.

Chapter 2.
지금 이자가 뭐라는 거야?

1.

"우와! 돈이 좋긴 좋구나. 여길 통째로 다 빌리다니. 역시 사람은 돈이 많고 봐야 해."

라나사가 레스토랑에 들어서자마자 탁 트인 전경을 내려다보며 감탄을 터뜨렸다. 캐링스턴에 오면 늘 보는 것이 바다였지만, 이렇게 풍광이 멋진 곳은 처음이었다.

푸른 바다와 파란 하늘이 맞닿은 지점 위로 양떼구름이 늘어진 광경이 가히 장관이었다. 끼룩끼룩 떼를 지어 날아가는 갈매기와 수평선 너머로 달려가는 크고 작은 선박들이 마치 한 폭의 그림처럼 완벽했다.

"우리 할아버지, 네가 어지간히도 마음에 드셨나 보다."

"뭐?"

이런 곳의 공기는 뭔가 좀 다를까 싶어 턱을 들고 깊게 숨을 들이마시던 라나사가 그게 무슨 소리냐는 듯 에이단을 돌아봤다.

"너, 여기 하루 매출이 얼마인 줄 알아?"

"아니. 그걸 내가 알아야 하는 거니?"

"이 식당이 캐링스턴에서 제일 유명하고 비싼 곳인 건 알고 있지?"

"그래서 놀라는 거 못 봤어?"

"더 놀라야 할 거야. 그 정도로는 안 돼."

뜬구름 잡는 듯한 에이단의 말투에 라나사가 눈을 빗뜨자 일라이가 키득거리며 끼어들었다.

"이 녀석, 지금 또 너 질투한다. 레오네트 백작님이 널 예뻐하시는 것 같으니까 괜히 샘내는 거야."

"라이, 이건 질투가 아니라 어이가 없는 거거든?"

"아, 그러세요?"

"너희, 우리 할아버지가 얼마나 짠돌이인지 모르지? 손해 보는 장사는 목에 칼이 들어와도 절대 안 하는 노친네야. 근데 하루 매출을 포기하고 여길 내줘? 심지어 손님이 많이 몰릴 주말에? 나 완전 놀라서 간밤에 잠도 못 잤다니까?"

"매출을 포기하다니? 설마 여기, 너희 집안에서 하는 거였니?"

"어. 아는 줄 알았는데?"

"나는 그냥 백작님께서 지인을 통해 빌려주신 건 줄 알았지."

어젯밤, 헥터 후작이 간 뒤 바율과 친구들은 레오네트 백작에게 오늘 있을 카셀과의 만남에 대해 간단히 털어놓았다.

도중에 노예 상인에 대한 얘기가 나왔을 때는 흥분한 백작이 벼락같이 호통을 치는 바람에 일행은 잘못한 것도 없는데 괜스레 어깨를 움츠려야만 했다.

어쨌든, 사정을 다 듣고 난 백작이 감찰 대신을 아무 데서나 만나서 되겠냐며 이곳을 추천했다. 그러면서 라나사를 콕 찍어서 한마디 하신 말씀이 '가서 원하는 대로 마음껏 든든하게 먹거라'였다.

안 그래도 카셀을 어디에서 맞아야 하나 고민하는 와중이었기에 바율은 그저 감사하다며 넙죽 받았다. 그러나 그는 그때만 하더라도 이렇게 고급스러운 장소일 줄은 상상도 하지 못했다.

"나도 아시는 분께 특별히 부탁이라도 하신 건가 했었는데. 에이단, 너희 집에서 이런 레스토랑도 운영하는 거야?"

"이것뿐이겠냐? 레오네트 가문에서 손대지 않는 사업이 어디 있다고. 애들이 몰라도 너무 모르네."

엉뚱하게도 갑자기 일라이가 손을 뻗어 검지를 세운 채 좌우로 흔들었다.

그러는 넌 뭘 얼마나 아는데?

에이단이 살짝 기가 막혀 녀석을 올려다보자, 일라이가 기다렸다는 듯 술술 나열했다. 다양한 광산의 종류부터 시작해서 철도 회사, 은행, 무역, 숙박업 등. 레오네트가에서 다루는 사업체에 대한 설명이 끝도 없이 이어졌다.

"…뭐냐, 너?"

이쯤 되자 에이단은 슬슬 일라이가 무서워졌다.

"왜 남의 집안 사업을 줄줄 꿰고 있어? 너, 내 뒷조사라도 했냐?"

"그래, 했다. 네가 가난한 근로 장학생인 척했다가 로티어스 교수님 덕분에 정체가 탄로 났을 때, 억울해서 한번 뒤져 봤다. 그리고 파면 팔수록 열이 더 받았지. 그간 뜯겼던 나의 피 같은 알바비가 생각나면서 말이야."

"피 같은? 나 참! 그러는 너는 금은보화를 쌓아 놓고 있다며! 다른 애들은 몰라도 너랑 나는 피장파장이거든? 오히려 네가 더하면 더했지!"

"와! 금은보화를 쌓아 놓고 산다고? 너희들, 내가 생각했던 것보다 훨씬 부자구나? 대박."

둘의 대화를 우두커니 서서 듣고 있던 라나사가 진심으로 놀랐다는 듯 입을 쩍 벌렸다. 그의 양부도 그놈의 포도밭 때문에 재산으론 남부럽지 않겠다는 소리를 듣곤 하는데, 여기선 명함도 내밀지 못할 것 같았다.

"시답잖은 대화는 그만하고, 이제 와서 좀 앉지? 우리가 지금 그렇게 한가할 때인가?"

퀸의 뾰족한 음성이 들린 것은 그때였다. 레스토랑의 화려한 인테리어와 창밖으로 보이는 아름다운 풍경에 다들 넋이 나가 있을 때도 그는 조용히 자리에 앉아만 있었다. 찌푸려진 미간으로 보건대, 더 떠들었다간 종일 잔소리에 시달릴 확률이 높았다.

"어, 어! 퀸, 갈게!"

바율은 에이단과 일라이를 양쪽에 끼고 서둘러 퀸에게로 걸어갔다. 홀로 바깥 경치를 구경하고 있던 로건이 열린 문을 넘어서며 라나사에게 얼른 오라는 듯 턱짓했다.

일행이 앉은 옆 테이블에선 마황과 데스가 이미 본격적인 식사에 돌입한 참이었다. 캐링스턴에서 가장 유명하고 비싼 식당임에도 그들은 중간중간 리타가 해 준 게 더 맛있다며 꿍얼거렸다.

이쯤 되면 아무래도 리타의 요리에 입맛에 길들었거나

중독된 게 아닐까, 하고 바율은 잠시 생각했다.

"어라? 너희 둘, 그렇게 나란히 있는 거 보니까 묘하게 닮았다?"

그들의 자리는 육인 석이었고, 빈 의자가 붙어 있다 보니 자연스레 로건과 라나사가 옆에 앉게 되었다. 무심코 그런 둘을 바라보던 에이단이 몸을 앞쪽으로 기울이며 재미난 것을 발견이라도 한 듯 씩 웃었다.

"희한하네. 머리 색도 눈 색도 다른데, 왜 비슷한 느낌이 들지?"

"우리가?"

라나사가 무슨 헛소리를 하냐는 듯 로건을 획 돌아봤다. 로건은 이미 몸을 틀고 라나사를 보고 있었다. 그 역시 에이단의 말이 이상하다 여겨졌는지 의아한 기색이 역력했다.

"글쎄. 잘 모르겠는데."

라나사를 요모조모 살피던 로건의 황금색 눈동자가 이내 결론을 내렸다.

"그렇지?"

"응."

두 사람은 약속이라도 한 듯 고개를 끄덕이더니 서로에게서 시선을 돌렸다.

"에이단, 너 요새 시력 안 좋니?"

"그럴 리가. 나 저기 날아가는 새의 깃털 모양까지 보이는 사람이야!"

"근데 왜 우리보고 비슷하대? 닮은 구석이라고는 손톱만큼도 없는데."

"아니, 있다니까? 이게 뭐라고 표현하기가 되게 애매한데…… 곡선이라고 해야 할까? 아니면 골격? 아무튼, 뭔가 생김새가 되게 유사하다고. 야, 너희도 자세히 좀 봐 봐. 그런 느낌 안 들어?"

에이단이 바율과 일라이의 팔을 치며 자신의 말에 공감해 달라는 듯 채근했다.

로건과 라나사가 비슷하다고?

언뜻 드는 생각만으로도 말이 안 되기에 바율은 에이단이 장난이라도 치는 줄 알았다.

'응?'

그런데 황당하게도 찬찬히 둘을 보고 있자니, 에이단이 무슨 뜻으로 한 말인지 알 것만 같은 기분이 들었다. 외모는 확연히 다르지만, 얼굴형이라든가 눈빛, 풍기는 분위기가 대단히 흡사했다. 이제껏 몰랐다는 게 이상할 정도였다.

"그러고 보니 너희, 새우 못 먹는 것도 똑같네?"

멀뚱히 로건과 라나사를 살피던 일라이는 문득 둘의 공통점을 떠올렸다.

"기사학부 에이스인 것도 그렇고."

"라이, 거기엔 나도 포함이야."

둘이 닮았다고 신나게 떠들어 댈 때는 언제고 에이단이 굳이 나서서 지적했다.

"이제 보니 이렇게 생긴 애들이 검술을 잘하는 건가?"

"뭐?"

일라이의 뜬금없는 결론에 당사자들은 물론, 바율과 에이단까지 얼굴을 구겼다.

"그럼 나는? 나는 실력이 없다는 소리냐?"

에이단이 뭔가 억울해서 항의를 하려는데, 레스토랑 안으로 이언이 급히 들어섰다. 밤새 한숨도 자지 못한 듯, 그의 턱 주변이 자라난 수염으로 거뭇거뭇했다.

"이언 경, 이제 오세요?"

그는 어제, 이례적으로 바율을 먼저 보내고 도르하에 남았다. 노예 상인과 구매자들을 처리하는 과정에서 혹시 모를 문제가 생길 것을 염려하여 바율이 그리 결정한 것이었다.

물론 처음에는 한사코 떨어질 수 없다며 거부하던 이언이었지만, 마황과 데스가 책임지고 바율을 지키겠다는 말에 겨우 물러섰다.

바율은 이제 더 이상 누군가의 호위가 필요 없는 상태인데도, 눈앞에서 죽었던 전적이 있기 때문인지 이언은 바율의 안전에 있어서만큼은 결코 타협하려 하지 않았다.

이번에도 노예 문제가 아니었다면, 아무리 데스와 마황이 있더라도 바율을 홀로 보내지 않았을 터였다. 그나마 노예 상단만큼은 반드시 뿌리를 뽑아야 한다는 그의 의지가 있었기에 가능했던 일이었다.

"제가 할 수 있는 건 다 하고 왔습니다. 남은 건 만월 기사단이 알아서 처리할 겁니다."

"피곤해 보이시는데, 그냥 저택에서 쉬시지 그러셨어요."

"보이텍 백작이 오는데 그럴 순 없습니다."

이언이 이렇듯 서둘러 온 까닭은 당연히 바율의 안위 때문이지만, 동시에 카셀 때문이기도 했다. 머리가 비상할 정도로 좋은 그가 어떤 수작을 부릴지 알 수 없었다. 그래서 이언은 바율이 저택에 남겨 두었던 쪽지를 보자마자 이곳으로 달려왔다.

"란데르트 공작 전하께는 도르하에서 바로 연락을 취했습니다. 윗선이 나타나지 않은 이유를 찾기 위해 따로 조사에 들어갈 겁니다."

"으음, 굳이 그걸 조사까지 할 필요가 있을까요? 영문은 모르겠지만, 단순히 엇갈린 것일 수도 있는데."

"저도 그러기를 바랍니다."

이언도 정보가 새어 나갔다고 단정하는 것은 아니었다. 애초에 그 일에 관해 아는 이들이 극소수였기에, 그럴 확률은 너무나 희박했다.

하지만 조금의 찜찜함도 남기지 않기 위해선 반드시 해야만 하는 일이었다.

"하온데, 보이텍 백작은 아직 도착하지 않은 겁니까?"

"네. 템페스타에게 이리로 오라고 전하기는 했는데, 와 본 적이 없는 곳이라서 잘 찾아올 수 있을지 걱정이네요."

"그 녀석은 몰라도, 카셀이란 자는 분명 알 거야. 여기가 캐링스턴에서 얼마나 유명한 곳인데. 잘 찾아올 테니 안심해."

에이단의 말이 끝나자마자였다.

쑤아아앙!

"바율—!"

거친 바람이 별안간 실내에 휘몰아치며 일주일간 보지 못했던 템페스타가 나타났다.

"템페스타!"

"으아아앙! 바율! 보고 싶었어!"

녀석을 만난 이래로 이토록 길게 떨어져 지낸 적은 처음이었다. 의외로 징징거리지 않고 잘 버티는 것 같았는데, 정작 바율을 만나자마자 주변을 쉴 새 없이 뱅뱅 돌며 칭얼대는 걸 보니 역시 쉽지는 않았던 모양이다.

"나도 보고 싶었어, 템페스타. 잘 왔어. 너무 반가워!"

바율은 녀석을 진정시키기 위해 템페스타가 듣기 좋아할 만한 말을 마구 남발했다. 오랜만에 봐서 격해진 감정은 알겠는데, 문제는 바람이었다.

흥분한 녀석 때문에 벌써 실내가 엉망진창이었다. 여기서 더 심해졌다간 기물 파손으로 손해 배상이라도 해 줘야 할 판이었다.

심하게 안겨 오는 템페스타를 바율은 온 마음을 다해 보듬고 쓰다듬었다. 시원한 바람이 와 닿는 느낌이 꽤 기분 좋았다. 이러니저러니 해도, 자신 역시 템페스타가 그립긴 마찬가지였나 보다.

"오호! 저런 모습은 또 처음이군."

그때, 서늘한 음색과 함께 드디어 카셀이 등장했다. 템페스타가 왔으니 그도 도착했을 거라 짐작은 했었다. 바율과 친구들이 느릿한 걸음으로 다가오는 그의 모습을 탐색하듯 쳐다보자 그의 입가가 실룩였다.

"못 보던 얼굴들이네? 누구?"

생긴 건 다시 봐도 참 잘생겼다. 하지만 역시나 그의 회색빛 눈동자는 정상인과는 거리가 멀어 보였다.

"머리가 좋으시다고 들었는데, 그새 잊으신 모양입니다."

"잊어? 내가 말인가?"

모르겠다는 듯 고개를 갸웃거리는 카셀을 향해, 바율은 단호하게 말했다.

"저번에 분명 존대하시라고 말씀드렸습니다. 함부로 제게 말을 놓지 마십시오. 상당히 불쾌합니다."

"아, 그거!"

그제야 기억났다는 듯 카셀이 이마를 짚었다.

"난 친해지고 싶은 마음에 이렇게 한달음에 달려왔는데, 여전히 까칠하네. 란데르트 백작님, 제게 사과하려고 부르신 것 아니었습니까?"

카셀도 대충 돌아가는 사정을 파악했다. 도르하에 심어 놓은 수하들에게서 연락도 받았다. 바율은 이번 사건에서 그의 혐의를 입증하지 못했고, 그래서 그간의 일에 대한 사죄를 하고자 그를 초대한 것이었다.

인상은 순해 보이는데, 매사 말투에 예민하게 구는 게 귀여운 듯하다가도 슬그머니 짜증이 솟았다.

"들리는 얘기로는 엄청 친절하신 분이라고 하던데, 그

소문이 잘못된 겁니까? 아니면 나한테만 이러는 겁니까?”

“보이텍 백작님께서 예의만 지켜 주시면 서로 얼굴 붉힐 일은 없을 겁니다.”

“그러니까, 나 때문이라는 거군요.”

마치 대단한 진실이라도 깨우친 듯 카셀이 과장되게 고개를 주억였다.

“알겠습니다. 백작님께서 나로 인해 기분 상했다면 사과하죠. 어찌 되었든, 난 오늘 여길 아주 기쁜 마음으로 왔으니까.”

카셀이 전에 없던 환한 미소를 지으며 바율을 응시했다.

작전을 바꾸기로 한 건가?

다시 만난 카셀은 일전의 적대감은 싹 지운 채, 오히려 바율을 향해 이유를 알 수 없는 호감을 표시하고 있었다. 그럼에도 그의 회색빛 눈동자에선 여전히 오싹한 기운이 드러나 보였지만, 일단 겉으로 보이는 행동에는 별문제가 없었다.

“이쪽으로 앉으십시오.”

상대가 온순하게 나오니 바율도 더는 몰아붙이기가 어려웠다. 그를 빈 탁자로 안내한 바율은 레스토랑의 직원에게 넌지시 식사를 내오라 지시했다.

“그래서, 소개는 언제 해 줄 겁니까?”

순순히 자리에 앉는 듯하더니 카셀이 대뜸 친구들을 보며 물었다. 어차피 녀석들도 그의 낯짝이 궁금해서 바율을 따라나선 것이었다. 바율은 그들을 간단하게 인사시켰다.

"이야, 특무 대신답게 친구들도 아주 빵빵하군요. 만나서 반갑습니다."

카셀은 여유가 넘쳤다. 친해지고 싶다는 게 진심인 것처럼 친구들 한 명 한 명과 눈을 맞추며 성의 있게 인사를 나눴다.

"그러지 말고 다 같이 앉아서 식사하는 건 어떻습니까?"

급기야 합석을 요청할 만큼 적극적이기까지 했다. 그를 잘 모르는 사람이 보았다면, 굉장한 미남자가 싹싹하기까지 하다며 찬양을 늘어놓을 판이었다.

친구들은 왠지 찜찜했지만, 우선은 내색하지 않고 자리를 옮겼다. 솔직히 가까이에서 관찰하고 싶은 사심도 있었다. 아직까지는 '미치광이 마법사'란 별명에 어울릴 만한 행동이 전혀 나오지 않았기에 더욱 호기심이 일었다.

"우선, 먼 곳까지 일부러 와 주셔서 감사합니다. 굳이 그러실 필요까지는 없었는데. 덕분에 제가 조금 편하게 되었네요."

커다란 탁자 위로 화려한 상차림이 완성되었다. 바율은 카셀에게 먼저 음식을 권하며 운을 뗐다.

"볼일이 있어서 겸사겸사 온 것이니 그렇게 고마워하지 않아도 됩니다. 덕분에 이렇게 마주 앉고 식사도 할 수 있으니 얼마나 좋습니까?"

부드럽게 웃으며 음식을 입으로 가져가는 카셀의 모습은 정말이지, 우아함의 극치였다. 노예 경매장에서 봤던 음흉하고 사악한 모습은 대체 다 어디로 갔단 말인가?

무슨 꿍꿍이가 있어서 이런 식으로 나오는 것인지, 바율은 정신을 바짝 차려야겠다고 다짐했다.

"지난번에는 제가 경솔했습니다. 오해하고 무례하게 군 점 사과드립니다."

오늘 만남의 목적은 어쨌든 경매장에서의 일을 마무리 짓기 위함이었다. 여전히 수상한 것투성이인 그에게 사과하는 게 내키지 않았지만, 형식상으로라도 해야만 하는 절차였다.

"후후, 괘념치 마십시오. 저라도 오해했을 법한 상황이 었는걸요. 안 그런가요, 라나사 양?"

혹시나 했는데 역시나 그가 라나사를 알아보았다. 웃음기 가득하던 그의 얼굴에 찰나지만 의혹이 서렸다가 사라졌다.

"그때 그 소녀는 잘 지내고 있는지도 문득 궁금하군요."

막판에 그가 엄청난 액수를 부르면서까지 사려 했던 소

녀, 아실에 대한 이야기였다.

"그게 왜 궁금하세요?"

스테이크를 썰던 라나사의 움직임이 거짓말처럼 뚝 멈췄다. 라나사가 지금 이곳에 있는 이유를 알았더라면, 카셀은 아실을 절대 애깃거리 삼지 않았을 것이다.

'뚝배기를 지키시려면 조심하셔야 할 텐데.'

그 순간 바율을 포함한 친구들의 머릿속에 떠오른 생각이었다.

"감찰 대신으로서 제국민의 안전을 염려하는 게 무슨 문제라도 되나요?"

라나사의 음성에 날이 서 있다는 걸 카셀도 느꼈을 터였다. 하나 그는 싱긋 미소까지 지으며 받아쳤다.

"유독 제 친구에게만 관심이 있으신 듯해서요."

"친구?"

"알고 말씀하신 것 아니었나요?"

"흐음, 그냥 아끼던 하녀인가 싶었습니다. 손을 꼭 잡고 놓지 않는 장면이 인상적이었거든요."

반말을 찍찍 날릴 때는 언제고, 그는 어느새 바율의 친구들에게도 꼬박꼬박 존대로 응수했다.

"노예 경매장에는 자주 가 보신 모양이죠?"

"조사 차원에서 한 서너 번?"

조사는 개뿔. 네놈의 그 시커먼 속을 내가 모를 줄 알아?

가까스로 인내하고 있을 뿐, 라나사의 눈에서는 진즉에 불꽃이 튀기고 있었다.

놈에게 아실이 팔려 갔을지도 모른다는 생각만 하면 아직도 바드득 이가 갈렸다. 당장에라도 저놈의 멱살을 틀어쥔 다음 주먹을 날리고 싶은 욕구를 간신히 자제하는 중이다.

라나사는 그가 친근한 척 구는 지금의 모습이 되레 더 역겨웠다. 차라리 경매장에서 제멋대로 굴던 게 놈에게는 훨씬 잘 어울렸다.

"지금쯤 폐하께도 이번 사건에 대한 보고가 올라갔을 겁니다. 보이텍 백작께서도 오랜 기간 수사하던 깃이라 했으니, 혹 넘겨주실 만한 자료가 있다면 전달 부탁드립니다."

바율은 라나사에 대한 그의 관심을 돌리기 위해 필요하지도 않은 서류를 언급했다. 그러자 카셀이 당연히 그렇게 할 생각이었다며, 심지어 적극적으로 돕겠다고 나섰다.

"하는 거라곤 실험실에 처박혀 마법이나 연구하는 게 다이지만, 그래도 명색이 이 나라 황비의 오라비인데 그 정도는 해야지요. 노예 상인의 윗선을 잡았다면 더 좋았을 것을, 그 점은 참 안타깝습니다."

그 윗선이 혹시 당신은 아니냐고 물어봤을지도 모르겠

다. 만약 앞서 나온 말에서 '황비'라는 단어를 듣지 못했다면 말이다.

"…지금 황비라고 하셨습니까?"

카셀의 동생인 카트린느의 품계는 분명 후궁이었다. 현 제국에서 황제의 여인이라 부를 수 있는 이는 두 번째 부인인 베아트리체 황후와 후궁인 카트린느가 전부였다.

여색을 밝히는 황제는 그간 많은 여인을 자주 침실로 들였지만, 혼인을 올린 것은 딱 세 번이었다. 그중 두 번이 정실을 맞은 혼약이었고, 작년에 있었던 카트린느와의 결혼이 마지막 세 번째였다.

"아, 아직 모를 수도 있겠군요."

놀라는 바율을 이해한다는 듯 카셀이 웃으면서 설명했다.

"카트린느 마마께서 후궁에서 황비로 품계가 격상되셨습니다. 곧 태어날 황자를 위해 미리 내리시는 상이라 하시더군요. 아마 정식 발표가 얼마 후에 있을 겁니다."

결국 우려하던 일이 현실로 일어난 것인가. 아직 아기는 태어나지도 않았는데 벌써부터 지위 승격이라니. 자연스레 린데만 황태자가 떠오르며 바율은 과히 기분이 좋지 못했다.

"아직 세상에 나오지도 않았습니다만, 이미 황자라고 단정을 지으시네요?"

그때 말없이 음식만 먹고 있던 퀸이 고개를 비스듬히 기울이며 물었다.

"그렇게 확신하시는 근거라도 있으신 겁니까?"

"일개 마법사인 내가 뭘 알 수 있겠습니까. 그저 어의가 그렇다고 하니 그런가 보다 할 뿐이지."

"어의가 배 속에 있는 태아의 성별까지 알 수도 있는 건가요?"

그런 건 여태 들어 본 적도, 본 적도 없기에 에이단은 진심으로 신기했다.

"긴 시간 이쪽 계통에서 일한 노련한 이들은 그런 게 가능하다 들었습니다. 물론 그래도 또 모르죠. 황자가 아니라 황녀를 생산할지도. 변수라는 건 늘 있는 일이니까."

카셀의 입매가 일순 묘하게 비틀렸다. 우습게도 그 순간 바율은 그가 어쩌면 제 조카가 황자든 황녀이든, 심지어 어떤 성별을 갖고 태어나는지에 대해서도 아무 관심도 없을지 모른다는 생각이 들었다.

카셀의 인격 장애는 타인에게만 국한된 게 아니라, 가족에게도 해당하는 것일 수도 있었다.

"그렇게 말씀하시니 보이텍 백작님께선 마치 황자보다 황녀를 더 바라시는 것 같습니다."

"그리 보였습니까?"

라나사의 일침에 그가 짐짓 고심하는 듯하더니 말했다.

"솔직히 첫 조카는 여자아이였음 하는 바람이 조금은 있습니다. 아시는지 모르겠지만, 제가 아들만 둘이라서요."

그러고 보니 헥터 후작이 공작이던 시절, 카셀은 이른 나이에 공작의 차녀와 정략결혼을 올렸다. 그러나 아들을 둘이나 낳았다는 건 오늘에서야 알게 된 사실이다. 왠지 그에게 자식이 있다는 게 소름이 끼친다.

그는 과연 어떤 아버지일까?

지금처럼 상냥하게만 군다면 다행일 텐데.

"녀석들을 자주 보지 못하는 게 늘 미안합니다."

바율의 속마음을 듣기라도 한 것처럼 카셀이 먼저 아들에 대한 속내를 털어놓았다.

"마법 연구가 꽤 재미있으신가 보네요."

어쩐지 이죽거리는 듯한 일라이의 말투에 카셀의 눈초리가 까끄름하게 올라갔다.

그도 어디 가서 절대 꿀리지 않는 외모의 소유자이거늘, 조금 전 일라이를 처음 봤을 때는 내심 깜짝 놀랐었다.

그리고 이름을 듣자마자 린데만 황태자의 생일 파티가 열렸던 날, 사교계의 여왕인 그의 여동생을 제치고 미의 남신으로 등극했던 주인공임을 알아보았다.

"여기서 유일한 마법 학도이니 그나마 나를 제일 잘 이해해 줄 것 같았는데, 아닌가?"

누가 대마법사 아니랄까 봐, 보는 것만으로도 일라이가 마법학부생임을 간파했다.

"2학년 치고 제법이군."

일라이를 아래위로 훑는 시선이 퍽 대견하다는 빛을 띠었다. 용언 마법을 구사하는 드래곤을 눈앞에 두고 한다는 말이 '제법'이라니. 사정을 아는 친구들은 터져 나오려는 웃음을 간신히 참아 내려 애썼다.

하지만 그의 말에 기분이 상했을까. 일라이가 불퉁하니 물었다.

"근데 왜 반말입니까?"

"응?"

"다른 애들한테는 다 존대하면서, 왜 나한테만 반말하냐고요."

나이도 많고, 백작이란 작위까지 있으니 카셀이 말을 놓는다고 해서 하등 이상할 건 없었다. 그러나 일라이의 말처럼 그는 이제껏 일행 모두에게 말을 높였었다.

"그기야, 담당 교수가 제자에게 존대를 하는 건 이상하니까?"

"…뭐라고요?"

일라이를 비롯한 친구들 전부 무슨 말인지 이해할 수 없다는 듯 어벙한 표정을 지었다.

지금 이자가 뭐라는 거야?

교수라니? 무슨 교수?

"아까 볼일이 있어서 왔다고 했던 거, 그냥 하는 말 아니었는데."

"그러니까 지금 설마…… 우리 아카데미에 마법학부 교수님으로 부임했다는 말씀입니까?"

"맞아. 전부터 몇 번이나 의뢰가 오긴 했었는데, 이 핑계 저 핑계를 대면서 거절했었지."

"근데요?"

"글쎄, 이제는 좀 흥미가 생겼달까?"

그렇게 대답하는 카셀의 의미심장한 눈빛이 황당해하는 바율에게로 가 꽂혔다.

"앞으로 자주 볼 수 있겠군요, 란데르트 백작님. 모쪼록 잘 부탁합니다."

Chapter 3.
카셀의 본심

1.

쾅!

월요일 아침, 캐링스턴 아카데미의 총장실이 노크도 없이 벌컥 열렸다. 그리고 그 안으로 로티어스 교수가 어깨를 들썩거리며 성큼성큼 걸어 들어왔다. 왜인지 모르겠으나 그는 몹시도 화가 나 보였다.

"오늘 해가 서쪽에서 떴답니까? 로티어스 교수가 이렇게 이른 시간에 날 다 찾아오다니, 놀랄 일이로군요."

마시던 커피 잔을 조심스레 책상에 내려놓는 라인하르트 총장은 말과 달리 그리 놀란 기색이 아니었다. 그는 오히려 로티어스 교수가 이리 나올 거라는 걸 예상이라도 한 눈치였다.

"이보세요. 라인하르트 총장님!"

"네. 말씀하세요. 로티어스 교수."

언제나 서글서글하던 로티어스 교수의 눈매가 사납게 휘어져 있었다. 과장을 살짝 보태자면 그는 당장 총장의 목이라도 조를 기세였다.

"갑자기 미치셨습니까?"

그답지 않은 언사가 이어졌다. 언짢은 듯 총장의 안색이 살짝 굳었지만, 그는 끝까지 품위를 고수했다.

"그렇지 않다는 건 로티어스 교수가 더 잘 알 거라 생각합니다만."

"그럼 뭡니까?"

"……?"

"뭘 받아 챙기셨냐고요. 그자가 어떤 대단한 걸 내놨기에 이 신성한 아카데미에 감히 발을 들이게끔 허락하셨는지, 어디 한번 들어나 보죠!"

"지금 내가 뇌물이라도 받았다는 겁니까?"

"아닙니까?"

오늘의 로티어스 교수는 물불을 가리지 않았다. 잇새로 내뱉는 한마디 한마디가 뇌를 거치지 않고 튀어나오는 듯 거칠었다. 그만큼 그는 흥분 상태였다.

"로티어스 교수, 말씀이 너무 지나치군요. 아무리 그대라 해도 그런 모욕적인 발언은 곤란합니다. 자중하세요."

"제가 지금 자중하게 생겼습니까? 그자는 안 된다고 전부터 몇 번이고 말씀드렸습니다. 혹시 그새 까먹기라도 하셨습니까? 총장님께서 지금 엄청난 실수를 하시고 있다는 뜻입니다!"

"교수 임용은 엄연히 총장인 나의 소관입니다. 난 내 할 일을 했을 뿐인데, 거기에 무슨 문제라도 있습니까?"

"네, 그렇죠. 일개 교수인 제게 감히 총장님의 결정에 대해 왈가왈부할 자격은 없겠지요."

로티어스 교수의 빛나던 파란색 눈동자가 돌연 서늘하게 가라앉았다.

"그런데 말입니다. 총장님께선 제게 적어도 한 번쯤은 상의라는 걸 하셨어야 했습니다. 제가 아카데미 이사회의 임원이자 징계 위원회의 위원장이라는 걸 모르시진 않았을 테니까요."

"…그 말은, 이제 갓 부임한 교수를 바로 징계 위원회에 넘기기라도 하겠다는 겁니까?"

"제가 못 할 것 같습니까?"

이쯤 되자 라인하르트 총장도 더는 참아 줄 수 없었다.

"로티어스 교수! 이제껏 내가 그대를 잘못 본 모양이군요. 공과 사를 이토록 구별하지 못해서야 어찌 학생들을 가르칠 수 있단 말입니까? 정말 실망스럽습니다!"

"실망이요? 그건 제가 할 소립니다. 공과 사를 구별하지 못하는 이가 누구인지 모르겠네요! 왜, 황제가 총애하는 후궁의 오라비라서 발이라도 걸치고 싶으셨습니까? 황제의 이복동생 정도로는 도무지 만족이 안 되셨던가 보지요?"

"허! 무슨 그런 망발을……!"

총장이 기가 막힌다는 듯 로티어스 교수를 올려다보았다. 아무리 화가 났기로서니, 이렇듯 대놓고 자신을 깔아뭉갤 거라고는 생각지도 못했다. 엉뚱한 면이 있어서 그렇지, 그의 올곧은 인성만큼은 믿어 왔기 때문이다.

라인하르트 총장이 모멸감으로 부들부들 떨며 받아쳤다.

"내가 그간 로티어스 교수를 봐준 건 그대가 황족이기 이전에 훌륭한 교육자라고 생각해서였습니다! 한데 내가 사람을 잘못 봐도 한참 잘못 봤군요. 보이텍 백작을 교수로 받아들이지 못하는 이유, 순전히 황태자 전하 때문 아닙니까?"

"뭐라고요?"

로티어스 교수는 여기서 제 조카가 왜 나오는지 순간 이해할 수가 없었다.

"카트린느 후궁 마마께서 곧 출산 예정이라는 건 제국민들이 다 아는 사실입니다. 그때 만약 황자님이 태어나신다면 황궁이 한바탕 시끌벅적해질 것 역시 뻔한 일이지요. 그래서 미리부터 그를 경계하는 것 아닙니까?"

"…지금 그걸 말이라고 뱉으시는 겁니까?"

로티어스 교수의 얼굴이 있는 대로 구겨졌다. 그는 정말이지 어이가 없었다.

"로티어스 교수가 황태자 전하를 끔찍이 아낀다는 거 잘 알고 있습니다. 걱정하는 마음도 충분히 이해하는 바입니다. 하지만 그런 사적인 감정을 일터인 아카데미에까지 가져와서는 안 되지요."

"하핫! 근래 들은 얘기 중 가장 웃기는 소리로군요. 여태저를 그리 보셨습니까? 제가 조카를 지키고자 정치권에 뛰어든 것도 아니고, 일개 교수 인사권에 개입했다…… 뭐, 그런 말씀입니까?"

웃고는 있지만 로티어스 교수는 그야말로 뒤통수를 세게 얻어맞은 기분이었다. 라인하르트 총장은 그의 진짜 신분을 아는 몇 안 되는 이들 중 한 명이었고, 교육자의 길을 걷기로 한 그의 진심을 알아주는 사람이라고 그간 여겨 왔다.

그런데 보이텍 백작을 반대하는 자신의 행동을 이리 정치적으로 해석하고 있을 줄이야. 갑자기 담배가 격하게 당겼다.

정작 정치적인 모욕 발언은 그가 먼저 총장에게 했으나, 한창 격양된 상태였기에 그러한 것을 분별할 여력이 없었다.

게다가 라인하르트 총장은 평소 은연중에 정계로의 욕심을 내비치고는 했었다. 그걸 알고 있었기에 로티어스 교수가 더욱 참지 못한 것이다.

"그게 아니라면, 이렇게까지 그를 반대하는 이유가 대체 무엇입니까? 천재로 소문이 자자한 대마법사를 두 팔 벌려 환영해도 모자를 판에, 번번이 이의를 제기하는 저의가 뭔지 심히 궁금하군요!"

"그건 전에도 누누이 말씀드렸습니다. 그는 아이들을 가르칠 자격이 없는 자입니다!"

"그 자격을 왜 로티어스 교수가 판단하는 겁니까? 안 그래도 교수직을 권할 때마다 자신은 아직 그럴 준비가 되지 않았다면서 정중히 거절하던 분입니다. 이제야 마음을 바꾸고 기꺼이 돕겠다고 나선 분을 반겨 주지는 못할망정 부임 첫날부터 징계 위원회에 회부할 생각이나 하시니, 내가 당최 이걸 어떻게 받아들여야 합니까?"

"…교수직을 권할 때마다? 그러니까, 그동안 그에게 줄곧 교수직을 종용하셨다는 말입니까? 제가 그리 안 된다고 하였는데도 말이죠?"

로티어스 교수는 전혀 모르고 있던 사실이었다. 그간 자신의 뜻이 관철된 것으로 여기고 있었건만, 실은 여태 상대가 거절을 했었던 거라니.

총장에게 그나마 남아 있던 정마저 일말의 흔적도 없이 사그라지는 순간이었다. 그를 자신과 뜻이 같은 참교육자로 생각했던 건 완벽한 오판이었다.

실력이 아무리 좋으면 뭐 한단 말인가. 보이텍 백작은 인격에 심각한 장애가 있는 사람이었다. 그런 자가 어린 학생들을 가르친다면 언젠가 분명 큰 사고가 터질 것이다.

선생이 갖추어야 할 가장 중요한 덕목은 학생을 아끼는 마음이었다. 애초에 '아낀다'는 감정이 무엇인지조차 모르는 자가 어떻게 교수를 할 수 있겠는가?

차마 직접적으로 설명은 하지 못했지만, 돌려서나마 그의 문제점에 대해 충분히 이해를 시켰다고 자부했다. 하지만 그건 여태 자신만의 착각이었던 듯하다.

"보아하니 재고의 의사가 전혀 없으신 것 같은데, 맞습니까?"

"재고는 로티어스 교수가 해 주었으면 하는군요."

"안 그래도 그럴 참이었습니다."

"…진심입니까?"

로티어스 교수의 빠른 태세 전환에 총장의 눈꼬리가 위

로 들렸다. 그러나 그들 둘이 애기하는 '재고'는 각자 그 대상이 달랐다.

"총장님 말입니다. 앞으로 그 자리 보존하시려면 애 좀 쓰셔야 할 겁니다."

"그, 그게 무슨……!"

"아시다시피, 제가 배경이 좀 화려해야지요. 단 한 번도 그 배경이란 놈을 이용해 본 적 없었는데, 절 밑바닥 취급 하셨으니 그 기대에 상응하기 위해 노력을 보여야 하지 않겠습니까?"

"이, 이것 보시오. 로티어스 교수! 설마 외압을 동원해서 날 총장직에서 끌어내리기라도 하겠다는 겁니까?"

"그건 두고 보시면 아시겠지요?"

라인하르트 총장은 로티어스 교수의 미소가 항상 선량하다고 생각했었다. 그러나 지금 그의 입가를 차지하고 있는 건 분명 '선량'이라는 말과는 거리가 멀었다.

이름까지 바꾸고 평범한 선생인 척 살아가고 있지만, 그도 어쩔 수 없는 황족이었다. 태어나고 자라기를 지배층으로 살아온 것이다.

이제껏 본 적 없는 위압감이 느껴지자 라인하르트 총장의 손바닥이 땀으로 인해 축축하게 젖어 들었다.

"…총장을 선임하는 건 이사장의 권한입니다. 로티어스

교수의 입김이 이사장님에게까지 통할 것 같지는 않은데 말입니다."

"훗, 정말 그렇게 생각하십니까?"

이사장인 라예가르는 어디로 튈지 모르는 제멋대로의 성격을 갖고 있었다. 아무리 황제의 명이라 해도 내키지 않으면 절대 듣지 않을 위인이다.

그런데도 이 불안감의 이유는 무엇일까.

로티어스 교수의 변한 모습 때문인지 라인하르트 총장은 모골이 송연했다.

"기대해도 좋을 겁니다."

로티어스 교수는 차갑게 쏘아붙이고는 핵 돌아섰다.

그런데 언제부터였을까?

열린 총장실 문 너머로 누군가 서 있었다. 길고 까만 머리칼에 투명하리만치 하얀 피부, 호선을 그리듯 양 끝이 올라간 피처럼 붉은 입술과 어쩐지 선득한 회색빛 눈동자를 가진 사내.

카셀 폰 보이텍 백작이 느른한 걸음으로 들어와 여유롭게 소파에 안착했다.

"보이텍 백작님! 이세 오십니까?"

라인하르트 총장이 방금 전 일은 싹 잊은 듯 반색하며 그에게로 달려갔다.

"저희 아카데미를 위해 어렵게 시간 내어 주신 점, 정말로 감사드립니다! 마법학부생들이 얼마나 기대에 차 있는지 모릅니다. 부디 백작님의 눈에 들어야 할 텐데 말입니다."

"제 눈에 드는 것이 무에 그리 중하겠습니까? 저는 그저 이 나라를 위해, 더 많은 마법 인재가 나오길 바랄 뿐입니다."

"아이고, 그럼요! 그 깊으신 뜻이라면 제가 잘 알고말고요! 이런 말씀 부담스러우실 수도 있겠으나, 백작님께 기대하는 바가 아주 큽니다!"

"그 기대에 부응하려면 꽤 노력해야겠는데요? 안 그렇습니까, 사돈?"

카셀이 로티어스 교수와 눈을 맞추며 싱긋 웃었다. 그 미소가 상황에 맞게 훈련된 것이라는 걸 로티어스 교수는 이미 알고 있었다.

그가 대꾸는 하지 않고 그저 가만히 자신을 보고만 있자 카셀이 다시 한번 인사했다.

"오랜만에 뵙습니다. 그간 잘 지내셨습니까?"

"…어제까지는 그랬던 것 같군요."

"아하, 오늘 아침에야 제 소식을 들으신 모양입니다. 그래도 이거 좀 섭섭하네요. 환대까지 바란 건 아니지만, 저를 이렇게까지 반대하고 계실 줄은 몰랐거든요."

"그 이유는 본인이 더 잘 알고 계실 거라 생각합니다."

당신이 가진 그 파괴적인 본성을 지우지 못했다면, 절대로 아카데미의 교수로 재직할 수 없다는 거 명심하길 바라.

로티어스 교수는 무언으로 카셀에게 경고했다. 그의 사랑스러운 제자들을 놈의 손에 놀아나게 두지 않을 것이다. 그건 교육자로서 그의 사명과도 같았다.

"한번 지켜보시죠."

"그쪽을 말입니까?"

"네. 혹시 압니까? 선생으로서 특출한 자질이라도 있을지."

"하나만 물어봅시다."

로티어스 교수의 갑작스러운 청에 그러라는 듯 카셀이 고개를 한번 끄덕였다.

"계속 거절했다더니, 난데없이 무슨 바람이 불어서 승낙한 겁니까?"

"훗, 어제도 누가 묻더니 다들 그게 궁금한가 보네요."

"이런 일에 흥미를 느끼지 못한다는 거 알고 있습니다."

"이전까지는 그랬었죠."

이전까지는 그랬었다?

그럼 지금은 아니라는 것인가?

"일단은, 호기심이라고 해 둡시다."

로티어스 교수는 카셀이 바율과 노예 사건으로 엮여 있다는 것을 전혀 알지 못했다. 그래서 그가 말하는 호기심이 무엇을 향한 것인지 짐작조차 할 수 없었다.

정령.

카셀은 처음에 그게 갖고 싶었다.

그런데 정작 일주일을 함께 지내다 보니, 자신이 직접 정령을 얻기란 요원한 일임을 깨달았다.

그래서 노선을 달리했다.

바율을 자신의 것으로 만들면 정령은 자연스레 따라온다는 것을 터득한 것이다.

이제껏 무언가를 소유하고 싶을 때, 그가 갖지 못했던 건 없었다. 그랬기에 카셀은 이번에도 당연히 그럴 수 있을 거라고 확신했다.

'노력이 상당히 필요할 것 같긴 하지만.'

수상하다는 듯한 눈길로 자신을 내려다보는 로티어스 교수를 향해, 카셀은 할 수 있는 한 가장 부드러운 미소를 지어 보이며 잠시 행복한 상상에 젖었다.

2.

타핫!

라나사의 날렵한 몸이 땅을 걷어차며 가볍게 날아올랐다.

"합!"

기합 소리와 함께 그녀의 검이 휙 바람을 가르며 빠르게 뻗어 나갔다.

라나사의 가는 두 다리는 믿을 수 없을 만큼 단단하고 안정적이었다. 엄청난 속도로 쉬지 않고 움직이는데도 미세한 흔들림조차 없었다.

뿐인가.

철검을 들고 있는 그녀의 매끈한 팔과 손에서도 힘이 넘쳤다. 해가 가장 강하게 내리쬐는 한낮의 오후, 햇볕을 한껏 머금은 라나사의 전신에선 마치 환한 빛이 뿜어져 나오는 듯했다.

좀처럼 볼 수 없는 그 강렬한 모습에 나무 그늘에 앉아 쉬고 있던 바율은 자기도 모르게 넋을 놓은 채 한참이나 라나사의 검술 훈련을 지켜보았다.

"후우!"

그렇게 얼마나 지났을까.

가빠진 숨을 차분히 정리하던 라나사가 뚜벅뚜벅 바율과 친구들이 있는 곳을 향해 걸어왔다. 말끔하던 그녀의 얼굴은 붉게 상기되었고, 전신은 어느덧 땀으로 흠뻑 젖은 채였다.

"뭔데, 너희?"

라나사의 삐죽한 음성에는 날이 서 있었다. 그녀는 현재 혼자만의 시간을 방해받은 탓에 기분이 썩 좋지 않았다. 날카로운 그녀의 시선이 바율을 비롯한 친구들을 차례대로 훑었다.

"왜 점심시간에 여기서 이러고 있어? 너희 혹시 나 따라다니니?"

"아니."

"그럼 나한테 뭐 할 말이라도 있어?"

"그것도 아닐걸."

에이단의 영혼 없는 대꾸에 라나사의 눈이 가늘어졌다. 그것이 꼭 제대로 대답 안 하면 가만히 두지 않겠다는 협박 같아서 녀석이 얼른 덧붙였다.

"우린 그냥 대책 회의 중이었어."

"…대책 회의?"

"어, 카셀이란 놈 때문에."

아직 서류 절차가 남았는지, 정식으로 부임 발표가 나지는 않았다. 하지만 그가 아카데미에 입성했다는 소문은 이미 파다했다.

조금 전, 식당에서 흥분해서 그에 관해 떠드는 아이들의 수다 때문에 그들의 심사는 잔뜩 뒤틀렸었다.

"너희, 얘기 들었어? 마법학부에 새로운 교수님이 오셨는데, 겁나 잘생겼대!"

"듣기만 했겠냐? 이미 이 두 눈으로 직접 확인까지 마치셨다, 이 말씀! 근데 진짜 장난 아니야. 눈이 정화되는 기분이랄까. 나 이참에 마법 공부나 해 볼까 봐!"

"어떻게 그렇게 젊은 나이에 대마법사가 되신 걸까? 천재인가? 미모에 능력까지 출중하시니, 완벽해도 너무 완벽하네!"

"거의 사기급이지. 내가 장담하건대, 앞으로 아카데미 생활이 더 즐거워질 거라는 건 확실해!"

여기서도 저기서도 온통 호의 섞인 말밖에는 들려오지 않았다. 놈의 진짜 정체도 모르면서 무슨 헛소리냐고 반박하고 싶었지만, 현실적으로 아무 증거도 없는 상황에서 그건 불가능했다.

그래서 바율과 친구들은 점심 식사도 먹는 둥 마는 둥 대충 해결하고는 서둘러 식당을 벗어났다. 계속 듣고 있다가는 체할 것 같기 때문이다.

"내가 너희 심정을 이해 못 하는 바는 아닌데, 그걸 왜 여기서 해?"

"응?"

"하고 많은 장소를 뒤로하고, 굳이 대책 회의를 왜 이런 연무장에서 하느냐 말이야. 여기가 그러기에 적합한 곳은 아니지 않나?"

"어…… 그러게. 우리도 모르게 이리로 와 버렸네."

"뭐?"

에이단의 엉뚱한 대답에 어이가 없었는지, 라나사가 이마를 찡그렸다. 그걸 봤는지 어쨌는지 녀석은 돌연 친구들에게 물었다.

"얘들아, 우리 지금 왜 여기 있는 거냐?"

"글쎄……."

로건이 자기도 모르겠다는 듯 어깨를 한번 으쓱였다.

"내가 기억하는 건, 식당을 나서는 순간 라나사의 뒷모습이 보였다는 것 정도야."

사실 연무장으로 향하는 길은 로건 역시 라나사만큼이나 익숙했다. 그녀처럼 점심시간까지 할애해서 연습하지는 않앉지만, 최소한 이른 아침과 저녁에는 빠지지 않고 찾곤 했다.

"그래서?"

"그 뒤로는 그냥 속으로 카셀이란 자를 어찌해야 할까 고민하면서 계속 걸었지. 너희도 그랬던 거 아니야?"

"아하! 그러니까 우리가 여기에 온 원인이 로건, 너 때문이었구나?"

에이단이 이제야 알겠다는 듯 손뼉을 마주쳤다.

"이제 보니 우리가 다 너 따라온 거네. 라나사, 뭐라고 할 거면 이 녀석한테 하면 되겠다. 우리는 죄 없어."

"에이단."

녀석의 추리에 어느 정도 동의는 하지만, 그렇다고 로건에게 다 뒤집어씌우자니 바율은 그건 아닌 것 같았다. 어쨌거나 결론적으로 모두가 라나사의 개인 시간을 방해한 건 사실이었다.

"라나사, 미안. 네가 점심마다 여기서 홀로 수련에 매진한다는 거 알면서도 아무 생각 없이 와 버렸네. 덕분에 난 네 새로운 모습도 보고 좋긴 했는데, 그래도 다음부터는 주의할게. 핑계 같겠지만 보이텍 백작이 너무 황당한 짓을 저질러서 깊게 생각을 못 했어. 아마 다들 그랬을 거야."

예고도 없다가 갑자기 위험인물과 아카데미에서 함께 지

내게 되었다. 심지어 일라이는 그런 자에게 수업까지 듣게 생겼다. 솔직히 단순하게 넘길 만한 사안이 아니었다.

"바율, 넌 사람 치사해지게 그렇다고 무슨 사과까지 하니? 막말로 여기 연무장이 내 것도 아닌데."

자신에게로 쏠린 시선들 때문에 평소보다 집중을 하지 못해서 잠시 까칠해졌던 것뿐이었다. 그러나 사실 라나사 역시 친구들과 같은 이유로 훈련 중이었다. 머릿속이 복잡해서 수련을 통해 비우던 참이다.

그녀가 나무 그늘 밑으로 들어와 땅바닥에 털썩 주저앉았다.

"자레드 자식을 치웠더니 더한 미친놈이 와 버렸네. 이대로 계속 둘 거니?"

"안 두면? 쫓아내기라도 하라고?"

"이사장님께 말하면 쉽게 해결될 문제 아니야?"

라나사는 일라이를 슬쩍 쳐다보았다. 뭐가 어떻든 아카데미에서 최고 권력자는 그의 양부인 이사장 라예가르였다.

"근데 이사장님은 이 사태를 알고 계시긴 한 건가?"

"아니. 요즘 바빠서 출근도 안 해."

일라이의 대답에 퀸이 그럴 줄 알았다는 듯 고개를 까닥였다.

"그럼 총장이 멋대로 받아들인 거였네."

"뭐, 자격은 충분하잖아. 아니, 객관적으로 실력만 보면 오히려 넘치지. 보나 마나 총장은 제대로 알지도 못하면서 이게 웬 떡이냐 했을 거다. 아카데미 홍보 차원에서도 도움이 될 건 분명하니까."

"그러다 놈이 아카데미에서 사고라도 치면? 그땐 어쩔 건데?"

"바율을 보면서 흥미가 생겼다고 말하던 때의 그 오싹한 표정이 난 잊히질 않아. 확실히 정상은 아니야."

어제 레스토랑에서 만났던 카셀은 왠지 어딘가 모르게 삐뚤어진 느낌이었다. 속을 알 수 없는 눈빛 역시 불길함을 불러일으켰다.

"그럴 일이 없길 바라야겠지만, 만약 생긴다면 잘라야지 별수 있나."

"뭔 일을 터뜨릴지 모르는데 겨우 자르는 걸로 끝내? 게다가 사건이 터지고 나서 수습하자고?"

"음, 그래서 말인데…… 일단 감시를 붙이면 어떨까?"

"감시?"

잠자코 있던 바율의 의견에 다들 관심을 보였다.

"수상한 기미가 포착되면 무슨 사달이 나기 전에 미리 제지에 나서는 거지. 바꿔서 생각해 보면 위험한 자이니만큼 오히려 가까이에 두고 살피는 것도 나쁘지 않을 듯해."

"오, 바율. 너 그거 상당히 어른스러운 발언이다? 방금은 진짜 특무 대신 같았어!"

"그럼 바율이 가짜 특무 대신이냐?"

너는 무슨 그런 말 같지도 않은 말을 하냐는 듯 퀸이 타박하자 에이단이 울컥하며 반박했다.

"넌 농담도 구분 못 하냐? 정색은 왜 해? 암튼 은근 바율만 싸고돈다니까!"

"그래서, 감시는 정령을 이용하려고?"

에이단이 뭐라 더 따지기 전에 로건이 얼른 나섰다.

"아마도 그래야겠지? 가끔은 에이단이 도움을 주면 좋을 것 같기는 한데……."

녀석의 테이밍 능력이라면 완전히 믿고 맡길 수도 있었다. 그러자 퀸에게 한마디 더 쏘아붙이려던 에이단이 언제 그랬냐는 듯 금세 거만을 떨었다.

"내가 그 방면으로 도가 트긴 했지. 뭐라도 잡히기만 해봐! 그땐 정말 확! 가만 안 있는다!"

그때였다.

"야! 너희들 여기 있었어?"

연무장 입구에서 난데없이 슈빅이 튀어나오더니 일행에게로 뛰어왔다.

"우 씨, 한참 찾았잖아! 힘들어 죽겠네!"

"우리를 찾았다고? 왜?"

"왜긴 왜야! 빅 뉴스 전해 주려고 왔지! 지난주에 싱클레어 애기 안 해 줬다고 나한테 막 뭐라고 했던 거 그새 잊었냐?"

그때를 떠올리자 슈빅은 새삼 억울했다.

"근데 너, 설마 새로 부임한 교수에 대해 떠들려는 건 아니지?"

"어라? 너희들 벌써 알고 있었어?"

슈빅의 열리려던 입이 금세 다물어졌다. 하지만 녀석은 이내 용기를 되찾고 턱을 치켜들었다.

"그래도 아직 누군지는 모를걸? 정식 수업은 내일부터라고 했으니까."

"카셀 폰 보이텍."

"헐!"

에이단의 입에서 한 치의 망설임도 없이 화제 속 주인공의 이름이 흘러나오자, 슈빅이 숨을 훅 들이마셨다.

"너…… 어떻게 알았어? 누구한테 들은 거야? 대체 어떤 놈이길래 나보다 정보가 빠른 건데!"

고함까지 질러 대는 꼴을 보니 어지간히도 자존심이 상한 모양이었다. 이게 뭐라고 이렇게나 충격을 받는 건지.

바율과 친구들은 슈빅의 마음을 차마 헤아릴 수 없었다.

"진정해, 슈빅. 너보다 나은 정보통은 아직 없으니까."

"…정말이야?"

"어, 이건 어쩌다가 개인적으로 알게 된 거야. 아카데미에 오기도 전에 말이지."

"아, 그런 거였어?"

슈빅의 눈앞에 있는 녀석들은 하나같이 엄청난 가문의 자제들이었다. 어떤 식으로든 먼저 알 방법은 많았다.

"휴우, 괜히 긴장했네. 안 그래도 요즘 조력자에게서도 통 연락이 없어서 기가 좀 죽어 있었거든. 아니라니 천만다행이다."

친구들은 정말이지 별것도 아닌 일로 속상해했다가 금세 또 안도하는 슈빅이 신기했다. 이 녀석 머리통은 무슨 생각으로 가득한지, 불쑥 구경해 보고 싶다는 욕구마저 들었다.

"그러면 너희들 이것도 알아?"

"……?"

"오늘 로티어스 교수님이 아침부터 총장실을 찾아가서 한바탕 난리를 피우셨대. 그 아침잠 많으신 분이 말이야."

"…무슨 난리를 피우셨다는데?"

"이건 극비 사항인데……."

별안간 슈빅이 몸을 낮추며 속삭이듯 말했다.

"보이텍 백작님을 반대하셨나 봐. 그 사람만은 안 된다면서 펄펄 뛰셨대."

그 순간 바율과 친구들의 시선이 부딪쳤다.

로티어스 교수님께서 카셀에 관해 뭔가 알고 계신 거야!

황제 폐하의 동생에다가, 란데르트 공작과도 긴밀한 관계를 유지하고 계신 분이었다. 어느 경로로든 정보를 접할 방법은 충분했다.

"대체 왜 그러신 걸까?"

슈빅은 그 이유까지는 도무지 파악하지 못했다.

"아주 예전부터 사이가 안 좋았을 확률이 높겠지?"

기껏 할 수 있는 짐작이 이 정도였다.

이후로 녀석의 이상한 추리가 몇 가지 더 이어졌다. 대부분이 말도 안 되는 논리여서 일행이 지루하다는 생각에 빠질 무렵, 조용하면서도 나긋한 음성이 그들 사이로 끼어들었다.

"저기……."

"어? 너는……!"

통성명한 적도, 인사를 주고받은 적도 없지만 다들 상대가 누구인지 한 번에 알아보았다. 어색한 표정으로 엉거주춤 서 있는 아이는 아카데미에 지진이 났던 날, 무너진 석벽에 깔려 머리를 다쳤었던 전학생이었다.

데나리드 왕국의 5왕자, 싱클레어 헤센 로랑.

그가 뒤늦은 고마움을 전하기 위해 손수 그들을 찾아왔다.

3.

"혹시 내가…… 중요한 대화 중인데 방해한 거니?"

'왕자'라고 하면 으레 연상되는 이미지가 있기 마련이었다.

예를 들자면 왕족 특유의 고압적인 자세가 몸에 배어 있다든가, 또는 뭐든 거칠 것 없다는 듯 당당하고 자신만만하게 군다든가, 그도 아니면 아랫사람을 막 대하는 안하무인이라든가.

대부분 그런 일반적인 고정관념이란 게 사람들에겐 박혀 있었다.

인어국의 왕자인 퀸만 보더라도 이 모든 경우에 해당한다고 말할 수 있을 것이다.

그런데, 왕위에서 한참 먼 5왕자라서 그런 걸까?

싱클레어는 귀티가 나는 외모에 꽃미남이라는 단어가 어울릴 만큼 곱게 생겼으나, 어딘지 굉장히 위축되어 보였다. 말투 역시 조심하는 티가 역력했다.

성격이 소심한 편인가?

예상과는 너무 다른 그의 모습에 바율과 친구들은 대답할 겨를도 없이 그저 눈만 끔벅거렸다. 그런 그들의 태도에 싱클레어가 당황했는지 목까지 벌게져서는 더듬더듬 다시 입을 열었다.

"그런 거라면…… 사과할게. 난 그냥 고맙다는 말을 하고 싶어서……."

싱클레어는 마치 죄라도 지은 양 고개를 숙인 채 우물거렸다.

"앗, 아니야. 그냥 잡다한 얘기 중이었어."

그대로 두었다가는 왠지 조만간 울기라도 할 기세였다. 바율은 황급히 손을 휘저으며 싱클레어에게 인사했다.

"나는 바율이라고 해. 만나서 반가워. 그때 다친 데는 이제 괜찮은 거야?"

"으응. 덕분에……."

싱클레어에 대한 바율의 첫인상은 '상당히 유약해 보이는 소년'이었다. 그 당시에는 피를 뒤집어쓴 채 기절해 있었으니 그런 생각이 드는 것도 당연했다.

지금은 상처도 다 나았고 기절한 상태 또한 아니었다. 심지어 차림새마저 말쑥하니 단정했다.

그런데도 왜 여전히 그때와 같은 느낌이 드는 걸까.

바율은 순간 싱클레어에게서 지난날 나약했던 자신의 모습을 보는 것만 같았다.

"싱클레어, 네가 착각한 것 같은데 널 구한 건 바율이 아니라 라나사야. 이 근처에서 쓰러진 널 직접 등에 업고 신전까지 한달음에 뛰었다니까? 완전 대단하지 않냐?"

잠시 딴생각에 빠진 바율을 대신해서 슈빅이 정정에 나섰다.

녀석의 말에 라나사가 괜한 소리를 한다는 듯 미간을 찌푸리는 게 보였다. 행여 귀찮은 일에 엮일까 봐 걱정하는 게 분명했다.

"응, 슈빅. 나도 알고 있어. 사실 그에 관해서 감사 인사를 전하려고 온 거야."

슈빅과는 이미 여러 차례 말을 나눈 듯, 녀석을 대하는 싱클레어의 표정이나 말투가 좀 전과는 확연히 달랐다.

"…라나사라고 불러도 되지?"

싱클레어가 라나사와 눈을 맞추며 조심스럽게 허락을 구했다. 그러고 보니 그의 나라 데나리드 왕국에선 함부로 여인의 이름을 부르면 안 된다고 들었던 것 같기도 하다. 허락을 구하는 모습이 퍽 인상적이었다.

"너 편할 대로 해."

라나사는 어느새 다시 얼음 여신으로 되돌아가 있었다.

그녀의 차가운 대꾸에 싱클레어가 멈칫하더니 어렵게 말을 꺼냈다.

"그래서 말인데…… 보상을 좀 할까 해."

"보상?"

누구도 생각지 못한 말이었다. 되묻는 라나사나 주변의 친구들 또한 의아한 나머지 눈이 왕방울처럼 커졌다.

"응. 넌 내 생명의 은인이잖아. 그냥 넘어가기에는 아무래도 내가 마음이 불편해서……."

"그 보상이라는 게 정확히 뭔데?"

라나사가 해야 할 질문을 슈빅이 하고 있었다. 궁금한 건 절대 참지 못하는 성미의 소유자답게 녀석이 싱클레어에게 바짝 붙어서는 채근했다.

"글쎄…… 특별히 원하는 것이 있다면 들어줄 수도 있는데, 그게 아니라면 금전적으로 보답하려 했어."

"오오! 돈을 준다는 거구나! 역시 왕족은 스케일 자체가 다르네!"

바율과 친구들은 내심 의외였다. 연약하고 순진해 보이는 이면에 이런 계산적인 모습이 숨겨져 있을 거라고는 미처 짐작하지 못했다.

더욱이 보상이라는 단어 선택 때문이었을까?

같은 아카데미 학생끼리 충분히 도울 수 있는 일이었음

에도 그런 표현을 쓰니, 마치 윗사람이 아랫사람에게 상을 내리는 듯한 느낌이었다.

그 역시 왕족은 왕족이라는 건가.

바율로서는 상상도 하지 못한 전개였다.

"그래? 주겠다면 받아야지."

바율은 틀림없이 라나사가 이렇게 나올 거라고 예상했다. 그녀가 독립할 날을 꿈꾸며 조금씩이나마 돈을 모으고 있다는 걸 알기 때문이다.

예전이라면 라나사의 이 같은 반응에 다들 놀랐겠지만, 지켜보는 친구들 역시 상황을 알기에 덤덤할 따름이었다.

"근데 그 보상금이란 거, 얼마나 줄 수 있는데?"

하지만 한 사람, 슈빅만은 라나사가 거절할 거라고 철석같이 믿고 있었기에 흡사 배신당하기라도 한 눈빛으로 그녀를 몰래 힐끔거렸다.

광대한 포도밭을 소유한 보스트리지 남작가의 따님이 저런 걸 묻는다는 게 녀석 딴에는 너무 어이없다고 생각한 모양이었다.

"음…… 내가 얼마를 주겠다고 정하기보다 차라리 수표를 써 주는 게 나을 것 같은데, 괜찮을까?"

"값이 정해지지 않은 수표라면…… 혹시 백지 수표 말이니?"

"응, 원하는 대로 마음껏 편하게 쓰도록 해. 이런 걸로 목숨을 구해 준 은혜를 다 갚을 순 없겠지만, 최소한의 성의 표시를 할 수 있게 해 줘서 정말 고마워."

"제법 통이 크네?"

라나사도 이 정도까지 기대한 건 아니었다. 그러나 굳이 준다는데 거절할 의사는 없었다. 돈이라는 건 역시 많을수록 좋은 거니까.

"알겠어. 기다리고 있을게."

그녀는 수표를 받는 대로, 자신이 떠올릴 수 있는 최대한도의 큰 금액을 써넣으리라 작심했다.

"와! 나, 아무래도 싱클레어 널 다시 봐야 할 것 같아!"

처음엔 타국의 왕자가 전학을 왔대서 호기심이 동해 접근한 게 사실이었다. 그러나 그렇게 몇 번 어울리다 보니, 왕족답지 않게 순수하고 여린 모습에 자연스레 편한 친구 사이가 되었다.

그런데 이런 장면을 목격하고 나니 생각을 다시금 정리할 필요가 있지 않나 싶다.

아무리 결코 줄어들지 않는다는 거대한 금광, 십년전쟁의 시발점이 된 파흐너 광산을 가진 부유한 왕가라지만, 이제 고작 열일곱 살인 5왕자가 백지 수표를 입에 담을 정도라니.

"내가 너무 엄청난 친구를 사귄 것 같네."

"슈빅, 그건 내가 아니라 이쪽을 보고 할 말이지."

싱클레어가 쑥스러운 듯 작게 웃으며 바율과 친구들을 가리켰다.

"난 신분만 왕족인 거지, 대단한 구석은 하나도 없는걸. 제대로 할 줄 아는 것도 별로 없어서 이곳에도 거의 도망치다시피 온 거야."

"도망을 쳤다고?"

"으응. 몸이 멀어지면 관심도 멀어질 테니까."

어쩐지 싱클레어의 파란 눈동자가 슬프게 빛났다. 어렴풋이 예상은 했다만, 형제들의 틈바구니에서 고생을 꽤 하고 자란 눈치다.

그가 햇살을 받아 투명하게 반짝이는 백색 금발 머리칼을 아무렇게나 귀 뒤로 넘기며 어색하게 웃었다. 그것이 꼭 자신은 괜찮다고 애써 말하는 것 같아서 바율은 괜스레 마음이 불편했다.

어쩌면 늘 스스로 그렇게 세뇌하며 살아왔을지 모른다. 제대로 대화를 나누는 것은 지금이 처음이면서도 바율은 자꾸만 싱클레어가 안쓰럽게 느껴졌다.

"아하하! 타국의 왕자님이 갑자기 전학을 온 이유가 궁금했었는데, 이런 사정이 숨어 있었구먼! 아무튼 잘 왔어! 캐링스턴 아카데미만큼 재미난 곳은 없을 테니까, 신나게 지내보자!"

무겁게 가라앉은 분위기가 신경 쓰였는지, 슈빅이 짐짓 목청을 돋우며 소리치듯 말했다.

"슈빅, 네 덕분에 이미 재미는 찾은 것 같아. 첫날부터 친근하게 대해 줘서 고마웠어."

"에이, 내가 뭘 또 그랬다고!"

호의가 아닌 호기심에서 비롯된 행동이었다. 내심 찔리는 구석이 있는지 슈빅이 급히 화제를 바꾸었다.

"그나저나, 너희들 지금 다 싱클레어랑 처음 보는 거 아닌가? 바율과 라나사 말고는 아직 인사도 안 한 것 같은데."

미처 끼어들 타이밍이 없어 멀뚱히 보고만 있던 참이었다. 슈빅이 멍석을 깔아 주자 에이단이 기꺼이 먼저 나서 자신을 소개했다.

"안녕? 난 에이단이라고 해. 만나서 반갑다."

"나는 일라이. 줄여서 그냥 라이라고 불러."

"난 로건이야. 기사학부생."

"…퀸."

다른 녀석들과 달리 퀸은 무뚝뚝하게 자신의 이름 한 글자만을 밝혔다. 딱히 싱클레어에 대한 반감이 있는 것 같지는 않았지만, 더는 잘 모르는 사람과 대화를 나누고 싶지 않다는 의지가 강하게 느껴졌다.

싱클레어의 소심한 성격에 그 냉담한 태도를 보고도 주눅 들지 않았다면 그게 더 이상할 것이다. 그가 당황해서 말을 잇지 못하자 슈빅이 거듭 어색한 웃음을 남발하며 애를 썼다.

"아하하하! 퀸 말투가 좀 그렇지? 근데 쟤 성격이 원래 그런 거니까, 금방 적응할 거야. 오해하지 않아도 돼. 그렇지, 바율?"

슈빅은 알고 있었다. 이런 때에 누구보다 자신의 편을 가장 잘 들어 주는 이가 바로 바율이라는 걸.

"맞아. 퀸은 그냥 좀 말을 딱딱하게 하는 것일 뿐이야."

"그것도 바율 너한테는 예외잖아."

"…어?"

라나사의 갑작스러운 공격이었다. 그녀의 예상치 못한 발언에 이번에는 바율과 슈빅 모두 꿀 먹은 벙어리라도 된 것처럼 입술을 떼지 못했다.

"여기서 그거 모르는 애 있니?"

라나사는 피식거리며 바닥에서 일어나더니 엉덩이에 묻은 흙을 털어 냈다.

"싱클레어, 내가 딱 한 마디만 할게."

"으응."

싱클레어는 본능적으로 고개를 세차게 끄덕였다. 그게

뭐든, 그는 들을 준비가 되어 있었다.

"바율만 건드리지 마."

"…어?"

"그럼 별 탈 없이 편히 아카데미 생활을 할 수 있을 거야."

"그게 무슨……."

"그럼 난 이만 가 본다. 씻고 다음 수업 준비하려면 빠듯하거든. 백지 수표는 기대하고 있을게."

일부러 티 내지 않았을 뿐, 라나사는 백지 수표에 은근 기대하는 바가 컸다. 진짜 수표에 적은 만큼 돈을 준다면, 언젠가 독립할 여건이 되었을 때 아실과의 보금자리를 만드는 데 큰 보탬이 될 것이기 때문이다.

제 앞가림도 제대로 못 할 듯한 남자애가 그런 거금을 선뜻 내줄 수 있다는 게 한편으론 우습기도 했다. 여하간 이놈의 세상은 여러 가지로 문제투성이였다.

"싱클레어, 너 정말 백지 수표 써 줄 거야?"

"그래야지. 약속했으니까."

"부모님께 허락 안 받아도 돼?"

"…허락?"

이상한 말을 듣기라도 했다는 양 싱클레어가 고개를 갸웃거렸다. 그러더니 이내 뭐가 문제인지 이해했다는 듯 슈빅의 의문에 답했다.

"그게…… 태어날 때 받은 것들이 좀 있거든."

"에? 나중에 유산으로 물려받는 게 아니라, 태어나자마자 받았다고?"

"응. 여러 가지로 다양한데, 어찌 됐든 그것들은 전부 내 몫이니 사용하는 것도 내 마음이야. 허락 같은 건 필요하지 않아."

"와아, 그쪽 세계는 그런 거구나. 난 전혀 몰랐네. 당연히 규모가 어마어마하겠지?"

"형들에 비해서는 아니야."

싱클레어는 왕위 계승권에서 한참이나 먼 5왕자일 뿐이었다. 나라가 부유해서 받은 재산 역시 상당하긴 하나, 그 위의 형들에 비할 바는 아니었다.

"그래서, 얼마나 되는데? 우리한테는 살짝 털어놓을 수 있지?"

맛있는 먹잇감을 발견한 짐승의 그것처럼 슈빅의 눈동자가 욕망으로 번들거렸다. 반면 싱클레어의 표정은 곤란하다는 듯 굳어 가고 있었다.

"야, 슈빅! 넌 무슨 그런 무례한 질문을 하냐? 그걸 네가 알아서 뭐할 건데?"

에이단은 하는 수 없이 한숨을 내쉬며 슈빅을 나무랐다.

"에이단, 너 알 권리라고 들어 봤어? 나 같은 일반 사람들에겐 이런 게 무지 궁금하거든!"

"궁금은 무슨! 넌 그냥 이 상황이 재미있는 거잖아!"

"재미 좀 느끼면 안 되는 거냐?"

"넌 항상 뭐가 그렇게 재미있냐? 넌 뭐든 재밌지?"

"뭔 헛소리야. 재밌는 것만 재밌지."

슈빅이 무슨 그런 바보 같은 질문을 하냐는 듯 구시렁거리자, 에이단이 녀석의 둔부를 발로 훅 걷어찼다.

"악! 왜 때려!"

"나도 재밌어서 때렸다! 난 너 때리는 게 세상에서 제일 재밌더라!"

"뭐, 뭐야?"

에이단의 말 같지도 않은 말에 슈빅이 기가 찬 듯 눈을 부릅뜨더니 갑자기 소매를 걷어 올렸다.

"오냐, 나도 오늘은 참지 않는다. 어디 한번 붙어 보자!"

"어어? 저기……."

싱클레어가 하얗게 질린 얼굴로 말려 보려 했지만 소용없었다. 에이단은 슈빅의 결투 신청(?)을 호기롭게 받아들였고, 한동안 연무장에는 고성과 함께 둔탁한 소음이 난무했다.

Chapter 4.
몬스터 난입

1.

바율 일행에게 나름대로 파란을 몰고 온 카셀은 우려와 달리 아카데미 생활에 꽤 잘 적응하는 듯했다. 워낙에 능력이 출중하다 보니 가르치는 것 또한 남달랐는데, 일라이의 말로는 이제껏 마법학부 교수들이 가르친 적 없는 종류가 대부분이라고 하였다.

당연히 학생들은 열광했고, 안 그래도 실력과 외모, 배경 등으로 호감도가 높았던 카셀의 인기는 식을 줄 몰랐다. 아니, 오히려 천정부지로 치솟았다.

심지어 많은 여학생이 마법학부생도 아니면서 하루가 멀다 하고 마법학부 사무실을 기웃거렸다. 실전 마법을 주로 익히고 수련하는 마법탑 주변도 상황은 비슷했다.

카셀은 아예 인격 세탁을 하기로 작정이라도 한 듯, 불과 며칠 사이에 매너 좋은 교수로 등극했다. 마주치는 학생마다 살인 미소를 날려 가며 확실하게 자신의 편으로 끌어들이는 솜씨가 보통이 아니었다.

정령과 동물들을 동원해 가며 감시를 하고 있다지만, 날이 갈수록 불안감이 커지는 건 어쩔 수가 없었다. 이러다가 언제 무슨 일이 터질지 몰라서 다들 신경이 예민해졌다.

곧 다가올 중간고사를 대비해야 하는데, 이게 뭔 생고생인지 억울할 따름이다. 이사장님만 오시면 쉽게 해결될 수 있는 일이거늘, 가신 일이 뜻대로 잘 풀리지 않는 것인지 소식이 깜깜했다.

그 탓에 로티어스 교수의 기분은 근래 들어 최악으로 치닫고 있었다. 늘 즐겁고 경쾌하던 수업 분위기가, 지옥의 문을 코앞에 마주하고 있기라도 한 듯 살얼음판이 따로 없었다.

정리되지 않은 머리칼과 턱 주변을 지저분하게 감싸고 있는 수염 등 그의 외양은 여전했지만, 이전의 총기가 가득하던 눈빛 대신 그 밑으로 다크서클이 진을 치고 있었다.

어제는 대체 이사장님이 언제 오시는 거냐며 일라이를 따로 불러서 묻기까지 하셨다.

사실 로티어스 교수로서는 당장 징계 위원회라도 열고 싶은 마음이 굴뚝같았지만, 카셀이 완전히 본성을 숨기고 있는 터라 이렇다 할 명분이 없었다.

　사고라도 쳐 주길 고대하고 있건만, 왜 이리 잠잠한지 열만 더 뻗쳤다.

　"저…… 로티어스 교수님. 요즘 무슨 일 있으세요?"

　보다 못했는지 한 학생이 수업 중에 불쑥 로티어스 교수에게 물었다. 바율이 알기로, 질문한 학생은 로티어스 교수를 무척이나 존경하고 따르는 아이였다. 바율보다 앞자리에 앉아 있어 얼굴이 보이진 않았으나 목소리엔 걱정이 한가득 담겨 있었다.

　"…티가 좀 났나 보지?"

　학생의 기습적인 질문에 로티어스 교수는 적지 않게 당황했다. 중간고사가 얼마 남지 않아서 최대한 아무렇지 않게 수업에 충실하려 애를 썼건만, 이렇게 들킬 줄은 몰랐다.

　평소 인기도 없고 학생들에게 관심도 없는 교수였다면 아이들 역시 그가 평상시와 다르다는 걸 눈치채지 못했겠지만, 불행인지 다행인지 로티어스 교수는 매 학기 학생부에서 주관하는 인기투표에서 상위권을 차지하는 인기 선생이었다.

친근한 성격뿐 아니라, 지루한 역사 수업을 재미나게 풀어 주는 능력까지 있어서 좋아하는 학생들이 많았다.

"네, 것도 엄청요."

"설마 차이신 건 아니죠? 연애한다는 말씀은 못 들은 것 같은데."

"아무리 지금 내 몰골이 이 모양이어도 그렇지, 내가 어디 가서 차일 만한 외모는 아니지 않니?"

오늘 수업은 이쯤에서 끝낼 생각인지 로티어스 교수가 책을 덮으며 여유롭게 받아쳤다. 그러자 아이들이 약속이라도 한 듯 야유를 보냈다.

"남녀를 불문하고 첫인상은 무조건 깔끔해야 한다고요! 옷차림이 얼마나 중요한데요. 교수님이 그 나이치고 훈남이시긴 하지만, 복장을 조금 바꾸실 필요가 있다고 생각합니다."

"맞아요! 장가는 가셔야지요!"

"대체 얼마나 세게 차이신 거예요? 제가 다 속상해요!"

정작 로티어스 교수는 차였다고 말한 적이 없는데, 어느새 그는 맞선을 보고 서너 번의 만남 끝에 대차게 까인 노총각이 되어 있었다.

'에휴, 교수님의 타들어 가는 속도 모르면서……'

예전이라면 친구들과 함께 교수님을 놀리는 데 동참했겠

지만, 이번만큼은 그럴 수가 없었다.

지금까지는 심경이 복잡한 교수님께 괜히 마음의 짐을 늘리는 꼴이 될까 싶어서 부러 아무 말 않고 있었다.

하지만 저렇게 힘들어하시는 모습을 보니 이제라도 찾아가서 따로 카셀을 감시하고 있다는 말씀을 전해야 할 것 같다. 그래야만 마음의 안정을 조금이나마 되찾으실 듯하다.

"너희들, 어차피 내가 여자한테 차인 거 아니라고 해도 안 믿을 거지?"

"제자들에게까지 꼭 거짓말을 하셔야겠어요?"

"일부러 그러실 필요 없어요. 저희 다 아니까."

이쯤 되자 로티어스 교수는 기가 차서 헛웃음이 튀어나올 지경이었다. 어디서 이런 맹랑하고 앙큼한 제자들을 만날 수 있으려나.

카셀을 아카데미에서 쫓아내야 할 확실한 이유를 재차 깨닫는 순간이었다.

"끄아악!"

"엄마아아!"

그때, 강의실 밖이 갑자기 소란해졌다.

"웬 비냉이지?"

로티어스 교수와 학생들은 너 나 할 것 없이 창밖으로 고개를 돌렸다.

"기사학부 수업 중에 뭔 일 터진 건가?"

"다들 단체 기합이라도 받는 거 아니야?"

"쯧쯧, 진즉에 잘들 좀 하지."

실내에서 강의를 듣다 보면 종종 벌어지는 일이었기에 별로 새삼스럽지도 않았다.

"어라? 근데 저건 뭐지? 이상한 게 보이는데?"

누군가의 의문에 제자리를 찾던 시선들이 다시금 밖으로 향했다. 그리고 그때서야 로티어스 교수를 포함한 모두가 뭔가 이상함을 감지했다.

드르륵.

함께 수업을 듣고 있던 바율과 퀸은 의자를 밀고 일어나 급히 창가로 다가갔다.

"으아아아!"

"사, 사람 살려!"

처음엔 한두 명이었다. 그러나 이내 다섯에서 열, 스물, 서른이 넘는 수가 무언가에 쫓기듯 한 방향으로 달려가고 있었다. 그러다 돌부리에 걸려 그만 한 여학생이 넘어졌다. 이어 기다렸다는 듯 거대한 그림자가 그 아이를 덮쳤다.

"뭐, 뭐야!"

"저, 저 녹색…… 덩어리는!"

"…트롤!"

눈으로 직접 보면서도 도무지 현실감이 들지 않았다. 날씨 좋은 가을날의 오후, 캐링스턴 아카데미에 난데없이 몬스터가 나타났다.

이게 말이 돼?

학생들은 저마다 그런 눈길로 서로에게 묻고 있었다.

"꺄아아악!"

멍해 있던 그들을 깨운 건 넘어졌던 여학생의 외마디 비명이었다.

"셰임!"

잠시 넋이 나가 있던 바율은 퍼뜩 정신을 차리고 재빨리 셰임부터 불렀다. 그러자 여학생이 주저앉은 곳만 둥글게 남고, 주위의 땅이 푹 꺼졌다.

"꾸에에엑!"

그 덕에 몰려들던 몬스터들이 돼지 멱따는 듯한 소리를 내며 땅 밑으로 고꾸라졌다. 셰임은 바로 흙을 덮어 놈들을 생매장했다.

바율은 서둘러 강의실 밖으로 뛰쳐나갔다. 그런 녀석의 뒤를 퀸과 로티어스 교수, 친구들이 우르르 따라나섰다.

"뭐가 어떻게 된 선시 민지 좀 살펴보고 올게. 템페스타!"

바율은 시야 확보를 위해 곧장 높은 곳으로 올라갔다. 날

개라도 달린 듯 허공을 빠르게 치고 올라가는 바율의 모습을 근처의 학생들이 다들 홀린 듯 바라보았다. 바율이 정령사라는 걸 알고는 있어도, 실제로 정령의 힘을 쓸 때마다 놀라는 건 그들에게도 불가항력이었다.

"이, 이게 대체 무슨……!"

건물의 꼭대기에 올라선 채 아카데미 전경을 살피던 바율은 한순간 말을 잇지 못했다.

이유는 알 수 없으나, 타락의 숲으로부터 몬스터들이 쳐들어오고 있었다. 일전에 랑트에서 템페스타가 사고를 쳤을 때와 비슷할 정도로 어마어마한 숫자였다.

게다가 하필이면 오늘은 야외 수업이 많은 날이었다. 갑작스러운 몬스터들의 기습에 놀란 학생과 교수들이 소리를 지르며 이곳저곳으로 몸을 피하고 있었다.

"템페스타, 뭘 해야 할지 알고 있지?"

"응, 바율."

"위험한 사람이 있으면 먼저 부탁할게."

"나만 믿어!"

아카데미는 템페스타에게도 놀이동산 같은 곳이었다. 그곳을 엉망으로 만드는 놈들이 있다면 죄다 잡아다가 절벽 아래로 내던져 버릴 것이다. 녀석이 분기탱천해서는 회오리바람을 일으키며 금세 사라졌다.

"로티어스 교수님, 일단 안으로 피해 계시는 게 좋을 듯합니다."

밑으로 내려온 바율은 일단 교수님과 친구들을 다시 안으로 들여보냈다.

로티어스 교수는 학생들이 위험한데 자신만 안전한 곳에 있을 수 없다며 완강하게 거부했지만, 그러면 구해야할 사람이 늘어나는 것뿐이라는 바율의 말에 반박하지 못했다.

"여기에도 교수님은 필요하십니다. 친구들이 안정을 찾게 도와주세요."

"알겠다. 너도 퀸도 조심하거라."

바율은 고개를 끄덕이며 퀸에게 말했다.

"퀸, 나는 타락의 숲 쪽으로 갈 거야. 아무래도 결계가뚫린 것 같아. 더 몰리기 전에 막아야 해."

"난 물의 정원을 맡고 있을게."

인어족인 퀸은 물 근처에 있어야 더 큰 힘을 발휘할 수있었다.

지대 전체가 뻥 뚫려 있었다면 쉽게 정리할 수 있었겠지만, 아카데미는 넓은 부지 안에 건물만 수십 개였다. 자잘한 건 템페스타에게 부탁했으니 바율은 근본적인 문제를해결해야만 했다.

어느덧 그런 바율의 곁으로 스피넬과 이노센트, 세임이 자리하고 있었다.

2.

"라나사!"

로건의 외침에 라나사가 검을 휘두르며 힐긋 뒤를 돌아보았다. 그런 그녀의 무복은 벌써 붉은 피로 범벅이 되어 있었다.

검술 수업 도중에 이게 대체 무슨 날벼락이란 말인가.

별안간 짓쳐들어오는 몬스터들의 습격에, 기사학부생들은 때아닌 실전에 돌입한 상태였다.

"머리 숙여!"

로건이 소리를 지름과 동시에 들고 있던 검을 라나사를 향해 세차게 내던졌다.

"꾸엑!"

무서운 속도로 라나사의 머리 바로 위를 지나친 검은 그대로 오크의 머리통에 날아가 박혔다.

고맙단 인사를 할 틈도 없었다. 라나사가 비호같이 뛰어오르며 막 로건을 공격하려던 오크의 가슴팍을 검으로 찍어 눌렀다.

"이럼 비긴 거다."

잠시 시선을 맞춘 둘은 누가 먼저랄 것도 없이 서로에게 등을 맞대고 다시금 전투에 집중했다. 그런 로건의 손에는 어느새 평범한 검이 아닌 기드온이 들려 있었다.

3.

"어디서 이런 것들이 한꺼번에 튀어나온 거야? 근처에 몬스터 사육장이라도 있나?"

마법탑에서 한창 강의 중이던 카셀은 수업을 방해하는 불쾌한 소음에 창문을 벌컥 열었다가, 순간 자신의 눈을 의심했다.

마법 연구를 위해 일부러 돈을 주고 공수해 온 적이 있는 몬스터들이, 사체가 아닌 살아 있는 모습으로 아카데미를 누비고 있었기 때문이다. 아무리 그가 감정이 메말랐다고는 하나, 이런 예상 밖의 상황을 보고도 아무렇지 않을 수는 없었다.

"교수님 작품은 아닌 겁니까?"

그때 일라이가 그의 옆으로 다가와 들릴락 말락 한 목소리로 나직하게 물었다.

"지금 날 의심하는 건가? 내가 이런 유치한 장난을 칠 사람으로 보여?"

"…아니면 됐습니다. 처리나 하시죠."

일라이는 입학하고부터 마법학부 수석을 놓치지 않는 특급 모범생으로 교수들에게 칭찬이 자자한 녀석이었다. 바율과는 절친이었기에 카셀에겐 요주의 대상이기도 했다.

지난주부터 직접 수업을 가르치고 있는데, 카셀은 언제부턴가 녀석을 보면 이상하단 생각을 떨칠 수가 없었다.

뭐라 정확하게 설명할 순 없지만, 가끔가다 녀석에게서 영문을 알 수 없는 섬뜩함을 느꼈다. 살면서 그랬던 적이 거의 없었기에, 그에게는 생소한 경험이었다.

아직 만난 적은 없지만, 아카데미의 이사장은 자신과 같은 대마법사였다. 그리고 일라이는 그자의 아들이었다.

'무언가 숨기는 게 있는데, 그게 뭔지를 모르겠단 말이지.'

대놓고 수상하다는 눈빛을 일라이에게 마구 쏘아 준 뒤, 카셀은 그대로 창밖으로 뛰어내렸다.

"으앗, 교수님!"

자연스레 아이들의 비명이 이어졌다. 하지만 카셀은 여유롭게 플라이 마법을 시전하고 있었다. 심지어 벌써 다른 마법을 주문으로 외우고 있기까지 했다.

"인간이 아닌 것들은 모조리 멸할지어다. 라이트닝 스콜!"

공중에 떠 있는 카셀의 손에서 전격이 쏘아졌다. 수십 개의 그것들은 전광석화처럼 날아가 학생들을 뒤쫓던 몬스터들의 몸통에 적중했다.

"우와! 역시!"

그 장면을 고스란히 목격한 마법학부생들이 서로를 부여안으며 카셀을 응원했다. 단 한 번의 행위로 수십 마리의 몬스터들을 번갯불로 지져 버리는 카셀의 신위에 다들 홀딱 반한 것이다.

"짜증 나."

그것이 배알이 뒤틀린 나머지, 일라이는 더 있을 수가 없었다. 무엇보다 다른 친구 녀석들이 걱정이었다.

'별일은 없겠지?'

어디부터 가야 하나 탐색 마법을 시전하며 일라이가 황급히 밖으로 뛰어나갔다.

4.

"에, 에이단! 설마 우리 다 죽는 거냐?"

슈빅은 작금의 상황을 진정 믿을 수 없었다. 녀석은 오랜만에 승마 연습에 열중하고 있었다. 이번 학기가 끝나면 이제 3학년이 되기에, 정신 똑바로 차리고 학점 관리에 신경을 쓰기로 마음을 먹은 것이다.

그런데 왜 하필이면 이때, 이런 말 같지도 않은 일이 터진 것일까.

슈빅은 신께서 자신을 차별하는 것이 분명하다고 생각했다.

쿠웅! 쿠웅!

"쿠어어어!"

거대한 생명체가 승마장 울타리를 부수고 천천히 그들에게로 다가왔다. 말들은 이미 아까부터 잔뜩 겁을 집어먹은 채 뒷걸음질만 치고 있었다. 평소였더라면 그런 녀석들을 달래기 위해 애를 썼겠지만, 지금은 에이단도 공황 상태였다.

"정말이지, 내가 죽기 전에 살아 있는 오우거를 실제로 볼 거라고는 꿈에도 생각해 본 적 없다고!"

에이단의 왜소한 체구 뒤에 바짝 붙어서는 슈빅이 끊임없이 입을 놀렸다. 그거라도 하지 않으면 겁이 나서 미쳐 버릴 것만 같았다.

"오늘 같은 날 재닛 교수님은 왜 자율 훈련을 하라고 하신 거지? 경비병들은 대체 언제 오는 거야! 크흑, 우린 다 죽었어. 이대로 몰살이야."

급기야 슈빅의 눈에서 닭똥 같은 눈물이 뚝뚝 떨어졌다. 태어나서 이렇게 극심한 공포로 떨어 본 적은 결단코 처음이었다.

"흐흑, 엄마아아!"

절로 집에 계신 어머니의 얼굴이 떠오른다. 이렇게 어이없게 죽을 거라는 걸 미리 알았으면 좀 더 말 잘 듣는 아들로 살았을 텐데.

오우거와의 거리가 가까워질수록 후회가 밀려들었다. 두려움에 윗니와 아랫니가 딱딱 소리가 날 정도로 세게 부딪쳤다.

어쩌지?

놀란 가슴을 애써 내리누르며 에이단은 뒤를 슬쩍 돌아보았다.

승마장에서 훈련을 하던 아이들은 어림잡아 열다섯 명 정도였다. 당연하게도 에이단을 포함해서 누구도 무기 같은 건 갖고 있지 않았다. 상대를 공격할 만한 물건이라고는 민망하게도 점핑 재찍 징도기 다였다.

"모, 몬스터들이 어디서 온 걸까? 캐링스턴은 어느 도시보다도 안전하다고 들었는데……."

에이단의 옆에서 겁에 질려 있는 건 슈빅 뿐만이 아니었다. 지난주부터 가끔 식당에서 같이 밥도 먹는 사이가 된 싱클레어가 기절 직전의 얼굴을 하고 간신히 물었다.

"하아."

에이단의 다물어진 잇새로 한숨이 새어 나왔다. 아무런 힘도 없는 학생들 열다섯을 상대로 흉포한 오우거 한 마리가 도끼를 꼬나든 채 접근해 오고 있었다.

도망갈 곳은 없었다. 뒤쪽은 마구간으로 인해 막혔고, 앞에는 오우거가 버티고 있었다.

뿐인가.

울타리 밖에서도 트롤부터 오크, 고블린 따위의 몬스터들이 침을 흘리며 안쪽을 노리고 있었다. 그저 힘의 우위에서 밀려 잠시 참고 있을 뿐, 어느 순간 놈들 역시 울타리를 부수고 학생들을 덮쳐 올 것이 분명했다.

과연 놈들에게도 테이밍이 가능할까?

무기도 없는 현재, 에이단이 가진 재주라고는 그것뿐이었다. 친구 중 누구라도 한 명 있었다면 좋았을 것을, 지금은 온전히 혼자만의 힘으로 이곳을 빠져나가야 했다.

정작 당사자들은 생각도 못 하고 있겠지만, 열다섯의 목숨이 에이단에게 달려 있었다.

침착하자.

침착해.

우선 저 큰 놈부터 하는 거야.

"거기 멈춰!"

오우거의 눈을 똑바로 노려보며 에이단이 강하게 명령했다. 무서움에 떨면서도 뜬금없는 녀석의 행동을 이해할 수 없었는지, 슈빅과 친구들이 의아한 기색으로 에이단을 바라봤다.

'너희들 눈에는 내가 미친놈으로 보이겠지. 알아, 안다고.'

에이단은 입술을 잘근거리며 다시 한번 외쳤다.

"서! 멈추라고!"

그러나 오우거는 에이단의 말소리를 '전혀' 듣지 못한 것 같았다. 덩치가 커서 움직임이 더딜 뿐, 다가오는 속도는 조금도 줄지 않았다. 오히려 튀어나온 붉은 눈알이 더욱 흉물스럽게 번뜩거렸다.

역시 무리인가.

작년에 늑대들에게는 통했었는데.

내심 기대를 했던지 에이단은 실망스러웠다. 하지만 그렇다고 포기할 수는 없었다. 바르에게서 전수 받았던 테이밍에 대한 요령을 떠올리며 에이단은 다시금 목청을 세웠다.

"내 말 안 들려? 거기 서란 말이야, 이 뚱뚱한 새끼야! 더 가까이 오면 죽여 버린다!"

악을 쓰며 소리치는 에이단의 양 주먹이 바들바들 떨렸다. 애써 괜찮은 척하고 있지만, 3미터를 훌쩍 넘는 흉측한 괴물이 저들을 잡아먹겠다고 닥쳐오는데 정신이 온전할 리가 없었다.

도대체 아카데미에 무슨 일이 벌어지고 있단 말인가.

지진에 이어서 몬스터의 습격이라니. 이건 분명 누군가 고의로 저지른 짓이 틀림없었다.

설마 또 천족일까?

입증하지는 못했지만, 저번 지진 발생의 가장 유력한 용의자는 천족이었다. 그래서인지 에이단은 이번에도 천족이 제일 먼저 떠올랐다.

만약 정말로 그들이 벌인 짓이라면, 절대 용서 못 해!

에이단의 눈에 독기가 어렸다.

"이 돼지 새끼야, 오지 말라니까!"

녀석이 발밑의 돌을 집어다가 오우거를 향해 냅다 던졌다. 놈의 몸뚱이를 맞고 돌이 튕겨 나오는 장면이 마치 느리게 움직이는 그림처럼 에이단의 시야를 채웠다. 당연히 돌멩이 따위로는 오우거의 몸통에 가벼운 생채기도 내지 못했다.

"으흐흐흑!"

"우리 어떡해!"

"이렇게 죽고 싶지 않아……."

서로 찰싹 달라붙은 아이들이 하나둘 소리 내어 울기 시작했다. 몬스터에게 포위된 채 꼼짝없이 사냥을 당할 위기에 처했다. 솔직히 이게 꿈인지 생시인지 분간이 안 갈 정도였다.

쿠웅! 쿠웅!

이제 그들과 오우거의 간격은 불과 2미터 남짓이었다. 놈이 도끼를 휘두르면, 아슬아슬하게 겨우 피할 만한 거리였다.

"쿠어어어!"

오우거가 괴성을 내질렀다. 에이단뿐 아니라 슈빅과 싱클레어 등 전부 그대로 얼어붙었다. 이대로 다들 죽는구나 싶었다.

"끼아아아!"

갑자기 에이단의 머리 위로 그림자가 드리워진 것은 그때였다. 고막을 찢을 듯한 날카로운 소리가 함께 장내에 울려 퍼졌다.

"이, 잉그리드?"

에이단은 깜짝 놀라 고개를 퍼뜩 젖혔다.

"네가 어떻게……?"

낯선 울음소리였지만, 분명 잉그리드가 그를 부른 것이었다. 에이단은 알 수 있었다.

한데 하늘을 날고 있는 잉그리드는 어쩐지 평소와 많이 달랐다.

몸체도 기존에 변신할 때보다 훨씬 컸고, 부리와 발톱이 흡사 맹수의 송곳니처럼 뾰족하고 길게 튀어나왔다. 녀석의 몸을 뒤덮고 있는 깃털은 그 하나하나가 꼭 날카로운 칼날 같았다.

"쿠아악?"

잉그리드의 등장에 오우거도 당황했는지, 놈이 이상한 소리를 내며 잠시 멈칫했다.

그러나 그건 말 그대로 아주 잠깐이었을 뿐, 관심이 아이들에게 돌아오는 건 금방이었다. 커다란 오우거의 도끼가 허공을 갈랐다.

"끼아아아!"

그리고 그때, 잉그리드의 울음소리가 다시금 승마장을 가득 메웠다. 동시에 녀석이 두 날개를 접고 엄청난 속도로 오우거를 향해 돌진했다.

모든 게 찰나 간에 벌어진 일이었다.

퍼억! 쿠웅!

잉그리드에게 가슴이 들이받힌 오우거가 저만치 밀려가더니, 바닥에 볼썽사납게 엎어졌다.

쑤아아앙!

뒤늦은 거친 바람이 일대를 덮치며 학생들에게까지 영향을 미쳤다. 에이단도 중심을 잡지 못하고 휘청거렸다.

"끼아아아!"

지면에 착지한 잉그리드가 날개를 위협적으로 펼치며 사납게 포효했다. 그러고도 분이 안 풀렸는지, 쓰러져 의식도 없는 오우거의 몸체를 발톱으로 마구 짓이겼다.

찰팍찰팍 피와 살점이 튀기며 순식간에 주변이 붉은 피로 진창이 되었다.

"이, 잉그리드……."

모두가 화들짝 놀랐지만, 지금 누구보다 놀란 건 에이단이었다. 덩치만 커졌지, 쥐 떼를 보고도 무서워서 구석에서 벌벌 떨던 순한 녀석이었다.

그런데 별안간 낯선 모습으로 눈앞에 나타나더니, 한 번도 들어 본 적 없는 기이한 소리를 내며 잔인하게 몬스터를 짓밟고 있다. 중간중간 부리로 콕콕 찍어 대는 게, 차마 눈뜨고 보기가 힘들 정도였다.

"에이단……."

슈빅은 무어라 덧붙이지 않았지만, 녀석의 눈이 분명 문고 있었다.

저 새가 잉그리드라고?

네가 항상 모자 속에 숨겨 두고 다니는, 그 작은 잉그리드가 진짜 맞아?

질문을 구체적으로 던질수록 더욱 괴리감이 느껴졌다. 에이단과 잉그리드를 번갈아 쳐다보던 슈빅의 안색이 점점 더 창백하게 변했다.

"꺄륵! 꺄륵!"

오우거가 한순간에 당하자 잠시 주춤하긴 했지만, 울타리 밖에는 아직도 많은 몬스터들이 있었다. 놈들이 더는 참지 않겠다는 듯 울타리를 뚫고 우르르 안으로 밀려들어 왔다.

"미우우?"

잉그리드가 오우거에게서 떨어지며 부리를 획 젖혔다. 그러곤 일말의 망설임도 없이 다가오는 놈들을 난도질하기 시작했다.

녀석의 무기는 부리와 발톱만이 아니었다. 날개를 한 번씩 휘저을 때마다 승마장이 피로 물들었다.

"으아아악!"

하지만 워낙에 수가 많았고, 잉그리드는 혼자였다. 결국 에이단과 아이들에게도 오크 몇 마리가 붙었다.

"모두 피해!"

오크도 오크지만, 그 뒤에서 고블린이 화살을 장전하는 게 마침 에이단의 시선에 잡혔다. 저게 날아온다면 학생들은 물론이고, 상대적으로 덩치가 큰 말들 역시 피해를 면치 못할 것이다.

그걸 가만히 두고 볼 수만은 없었다. 에이단은 근처에 굴러다니던 나뭇가지를 대충 부여잡고는 고블린을 향해 미친 듯이 달려들었다. 덩치도 비슷하니 해볼 만하다고 생각했다.

"내가 그만 좀 꺼지라고 했지! 왜 엄한 데 와서 지랄인데!"

날카로운 검에 비하면 한참 부족하지만, 에이단의 동작은 수백, 수천 번 검을 휘둘렀던 그때와 같이 깔끔하고 군더더기 하나 없었다. 녀석의 당찬 공격에 화살을 쏘려던 고블린들이 괴상한 소리를 내며 뒤뚱거렸다.

"전부 당장 무기를 버려!"

탁! 탁!

그러자 이게 웬일인가. 에이단의 말이 끝나기가 무섭게 고블린들이 활과 화살을 바닥에 내던졌다. 에이단은 놈들이 자신의 말을 척척 듣고 있다는 것도 자각하지 못한 채 오크들에게 소리쳤다.

"네놈들도 얼른 물러서지 못 해! 죄다 확 허리를 분질러 버린다!"

보기에도 잡스러운 무기를 꼬나들고 있던 오크들이 후닥닥 무기들을 멀리 던져 버렸다.

"꿇어, 이 새끼들아!"

지능이 낮아서 그렇지, 그들은 약간의 말도 할 줄 아는 유사 인종에 속했다. 에이단의 서슬 퍼런 명령에 잉그리드에게서 살아남은 오크와 고블린들이 순순히 바닥에 무릎을 꿇고 앉았다.

그 기괴한 장면에 친구들은 잠시 상황도 잊고 멍하니 에이단을 응시했다.

뭐가 뭔지 하나도 모르겠다. 조금 전까지만 해도 자신들을 죽이려고 혈안이었던 놈들이, 어째서 에이단의 말 한마디에 저리도 일사불란하게 움직이는 것일까. 아무리 머리를 써도 이해가 도통 안 갔다.

"미우우!"

그 사이 남은 몬스터들을 모두 처리한 잉그리드가 에이단에게 쪼르르 달려와 녀석의 가슴에 머리를 비벼 댔다.

"으헉!"

친구들의 눈에는 그게 마치 에이단이 잉그리드에게 잡아먹히는 것처럼 보였다. 덩치 차이가 엄청나다 보니 누가 봐도 그리 생각할 만했다.

"고마워, 잉그리드. 덕분에 살았다."

녀석의 새로운 모습에 놀라지 않았다면 거짓말이겠지만, 에이단은 잉그리드가 자신을 지키려고 그랬다는 걸 알고 있었다. 숙소에서 꾸벅꾸벅 졸고 있어야 할 녀석이 밖에서 나는 소란한 소리에 놀라 여기까지 날아온 것이다.

변신수의 새끼라는 걸 알고 있었기에 망정이지, 아마 몰랐다면 기절을 했을지도 모른다.

잉그리드에게 목숨을 빚질 날이 올 줄이야.

"미우우!"

에이단의 고맙단 말에 잉그리드가 이 정도는 별거 아니라며 어리광을 피웠다.

'다른 녀석들은 괜찮은 건가?'

상황이 일단락되자 에이단은 그제야 다른 친구들이 걱정되었다. 다들 실력이 출중하니 큰일이야 없겠다만, 언제나 '만일'은 있는 법이다.

"슈빅! 여기서 이러고 있지 말고 건물 안으로 피신해!"

"너는? 너는 어쩌려고?"

"어쩌기는! 어떻게 된 일인지 알아봐야지. 애들은 네가 인솔할 수 있지?"

아니. 못하겠는데!

슈빅이 고개를 세차게 가로저으며 부정했지만, 에이단은 이미 잉그리드의 등에 올라타고 있었다.

"그럼 부탁한다. 잉그리드, 가자!"

타핫!

잉그리드가 대지를 박차며 힘차게 날아올랐다. 녀석의 날갯짓에 흙먼지가 자욱하게 일었지만, 슈빅과 싱클레어 그리고 아이들은 굳은 듯 멀거니 하늘만 올려다보았다.

어느덧 에이단은 작은 점이 되어 멀어지고 있었다.

5.

"내 눈깔이 삐었나? 왜 보이지 말아야 할 게 보이는 거지?"

라피트는 약초밭에서 거름 냄새와 싸워 가며 수업에 한창 몰두하고 있었다. 1학기 때보다 성적이 좋지 않으면 용돈 삭감에다가 다리를 분질러 버리겠다는 아버지의 으름장이 있었기 때문이다.

사실 다리 하나 내주는 정도는 별로 무섭지 않았다. 뼈라는 건 부러지면 언젠가는 다시 붙기 마련이었다. 실제로 라피트는 그간 몇 번의 경험이 있었다.

하지만 용돈은 완전히 다른 얘기다. 세상을 좌지우지하는 건 역시나 돈이었다. 돈이 없으니 할 수 있는 게 아무것도 없음을 지난 학기에 이미 뼈저리게 느꼈다.

그의 아버지인 세이모어 백작은 절대 허투루 말씀하시는 분이 아니었다. 겨우 다시 받게 된 용돈만은 기필코 사수해야 했다.

새 학기가 시작되고 조금 전까지 라피트는 그 결심을 매우 성실하게 잘 이행하고 있었다.

"야, 너! 너! 이거 하나씩 받아!"

라피트가 근처의 나뭇가지를 손쉽게 잘라 낸 뒤 얼굴이 낯익은 두 녀석에게로 획 던졌다. 그들은 라피트와 같은 기사학부생들이었다.

"교수님과 친구들이 안전하게 대피하기 위해선 우리가 시간을 좀 벌어야 해. 할 수 있겠지?"

얼떨결에 나뭇가지를 손에 쥐게 된 두 남학생이 아무런 답도 못 하고 멍하니 서 있자, 라피트가 정신 차리라는 듯 한곳을 가리켰다.

"잘 봐! 고작 오크 다섯 마리야. 우리 셋이서 충분히 막을 수 있다니까?"

약초밭은 아카데미 내에서도 타락의 숲과는 꽤 거리가 먼 축에 속했다. 그래선지 상대적으로 다른 곳보다 나타난 몬스터의 수가 적었다.

"배운 대로만 하면 돼! 내가 맨 앞에서 싸울 테니까, 너희는 놈들이 새지 않도록 도와줘. 알았지?"

이 녀석이 원래 이렇게 침착한 성격이었던가?

갑자기 약초밭에 오크 무리가 출현하자, 교수와 학생들은 우왕좌왕 어찌할 바를 몰라 발만 동동 구르고 있었다. 사람이 너무 놀라면 간혹 사고가 마비되는 경우가 있는데, 지금 그들이 딱 그 짝이었다.

그런데 같은 1학년생이자 꼴통으로 유명한 라피트가 유일하게 겁먹은 티 하나 없이 차분하게 분위기를 주도하고 있었다.

입학한 지 얼마 되지 않아 '또라이'로 분류되어 많은 아이들이 거리를 둔 그 녀석이 맞는지 순간 의심이 들 정도였다. 물론 정작 라피트는 남들이 어떻게 자신을 쳐다보든 일절 신경도 쓰지 않았다.

"교수님, 얼른 가십시오! 저희도 곧 뒤따라가겠습니다!"

"…그, 그래도 되겠나?"

"네, 염려 마세요. 이 정도는 거뜬합니다!"

명색이 교수가 되어서 제자를 남겨 둔 채 도망을 가려니, 발길이 선뜻 떨어지지 않았다. 자신이 계속 있어 봤자 오크를 상대로 아무것도 못 할 거라는 걸 너무 잘 알지만, 그래도 이건 도의와 책임감의 문제였다.

그런 교수의 심리를 꿰뚫기라도 한 듯 라피트가 덧붙였다.

"빨리 가셔서 경비병이라도 불러 주세요! 아니면 신전에 연락을 넣어 주셔도 좋을 것 같습니다."

약초학 교수에게는 그게 마치 '그 편이 저를 도와주시는 겁니다' 라고 말하는 듯했다.

"구룩! 구룩!"

그리고 때마침 지척에서 들려오는 오크들의 소리. 교수는 더는 망설일 수 없었다. 지금 여기에서 자신은 짐만 될 뿐이다. 차라리 저 말대로 하는 게 더 도움이 될 터였다.

게다가 라피트는 검술 명가로 명성이 자자한 세이모어 백작가의 차남이었다. 괜한 허풍을 떠는 건 아니리라.

"그럼 부탁한다!"

약초학 교수는 마음을 굳게 먹은 뒤, 떨고 있는 나머지 학생들을 데리고 서둘러 약초밭을 벗어나기 시작했다.

"꾸룩?"

그들의 갑작스러운 움직임에 접근해 오던 오크들이 잠시 멈칫거리는 게 보였다. 설마 자신들의 먹잇감이 달아날 거라고는 생각조차 해 보지 않은 모양이었다.

"하여튼 멍청한 놈들이지."

"라, 라피트! 그리고 보니 너, 오크를 상대로 싸워 본 적은 있는 거야?"

기사학부생이란 이유만으로 라피트에게 선택되었다. 두 녀석이 겁에 질린 채 라피트를 보며 물었다.

"당연하지! 설마 너희는 이번이 처음이냐?"

그게 어째서 당연한 건데!

원망이 가득 담긴 친구들의 눈빛에 라피트는 걱정하지 말라는 듯 씩 웃으며 녀석들의 등을 두들겨 주었다.

"자식들, 대견하네. 몬스터를 처음 보고도 이렇게 남아 주다니. 너희, 이름이 뭐냐?"

"…이 와중에 그런 건 왜 묻는데?"

"좋은 녀석들 같으니까 기억하려고."

"…우리가?"

"어. 너희들의 용기에 깊은 찬사를 보낸다. 난 오크 처음 봤을 때 너무 무서워서 아무것도 못 했거든."

그때가 지금보다 훨씬 어린 나이였다는 건 굳이 말하지 않았다.

"너도 무서웠었다고?"

"정말이야?"

"그렇다니까! 너희 지금 엄청 대단한 거야!"

친구들의 사기를 높여 줄 생각이었다면 성공이었다. 방

금까지 엉거주춤한 자세로 두려워하던 두 녀석은 라피트의 칭찬에 눈빛이 완전히 달라졌다.

"근데 라피트, 입학한 지가 벌써 수개월이 넘었는데 아직 우리 이름도 몰랐냐?"

"…내가 머리가 좀 안 좋아서. 자꾸 잊더라고."

"난 필립."

"밀튼이라고 해."

서투른 핑계였지만 지금은 그런 걸 일일이 따질 때가 아니었다. 어슬렁거리며 다가오던 오크들의 움직임이 어느새 좀 더 빨라져 있었다.

"그럼, 간만에 몸 좀 풀러 가 보실까?"

기사학부 전공 수업이 아니다 보니 검이 없다는 게 아쉬웠다. 그러나 기사라면 어떤 상황에서도 위기를 모면하는 능력이 있어야 한다고 아버지께선 늘 말씀하셨다. 그 말씀을 상기하며 라피트는 가볍게 목을 풀었다.

곧 녀석을 선두로 필립과 밀튼이 호기롭게 오크들을 향해 달려들었다.

라피트는 단연 발군이었다. 오크를 상대로 싸워 본 적 있다는 말은 결코 허세가 아니었다. 뾰족한 나뭇가지만으로 놈들의 약점을 콕콕 찔러 대는 솜씨가, 정식 기사라고 봐도 무방할 정도였다.

녀석의 찌르기 한 방에 오크들이 고통을 호소하며 뒤로 나자빠졌다.

필립과 밀튼도 제 몫을 다해 주고 있었다. 라피트에 비교할 수는 없었으나, 실력이 나쁘지 않은 게 체계적으로 교육받은 티가 팍팍 났다.

자고로 오크라는 종족은 떼로 몰려다니며 숫자로 상대를 몰아붙이는 무식한 집단이었다. 하체의 중심부만 가죽으로 대충 가린 채 방어구도 없이 조잡한 무기로 아무렇게나 공격하는 행태가 한숨이 나올 지경이었다.

그래도 그 힘은 절대 무시할 수 없었기에, 되도록 몸을 피하는 것이 상책이었다.

"꾸에엑!"

마지막 오크까지 합심해서 처리했다. 막판에는 나뭇가지가 부러지는 바람에 손아귀에 돌을 쥐고 거의 육탄전까지 불살랐다. 얕본 것이 내심 민망할 정도로 치열한 승부였다.

"헉헉! 고작 다섯 놈이었는데 되게 힘드네."

사실 여태껏 라피트가 몬스터를 상대했을 땐 주변에 늘 칠흑의 기사단이 상주했었다. 존재만으로도 엄청난 안심이 되는 그들인지라, 라피트는 종종 미친놈 날뛰듯 몬스터들 사이를 누비고 다녔다. 확실히 몸소 겪어 보니 그때와는 다르다는 걸 알게 된다.

"그래도 뿌듯하다."

"우리가 오크를 무찔렀어!"

필립과 밀튼은 한껏 고양되었다. 얼굴은 땀범벅에 전신은 흙투성이였지만, 자신들에게도 무용담이 생겼다는 것이 둘은 진정 믿을 수가 없었다.

"근데 이게 대체 무슨 일인 걸까?"

"그러게. 아카데미에 왜 갑자기 몬스터가 나타난 거지?"

"이제 그걸 알아볼 차례야."

셋은 동시에 고개를 끄덕이곤 약초밭을 벗어났다. 분명 지독한 거름 냄새로 머리가 아플 지경이었는데, 좀 전의 승리 때문인지 몸이 한결 가벼운 느낌이었다.

그러나 그 기분이 산산조각 나는 데에는 그리 오랜 시간이 걸리지 않았다.

"쿠어어어!"

"꺄륵! 꺄륵!"

세 사람은 자리에 못이라도 박힌 듯 걸음을 멈췄다. 아닌 게 아니라, 약초밭을 벗어나자마자 좀 전과는 비교조차 할 수 없을 정도로 많은 수의 몬스터들이 그들을 맞이했기 때문이다.

셋만으로는 절대 해결할 수 없는 수준이었다.

라피트의 판단은 빨랐고, 동작 역시 날쌨다.

"애들아, 튀어!"

놈들에게 둘러싸이기라도 했다간 무조건 죽는 거였다. 지금은 이곳을 벗어나는 것만이 살길이었다.

"교수님들과 다른 아이들은 무사하신 거겠지?"

필립이 달려가며 라피트에게 걱정스러운 듯 물었다.

"글쎄. 지금은 일단 그렇다고 믿어야지."

안 그래도 라피트도 막 그 생각을 하던 참이었다.

피융!

그때, 화살 하나가 녀석의 어깨를 아슬아슬하게 스쳐 지나갔다.

"염병! 일대일로 붙으면 한주먹 거리도 안 되는 새끼들이 감히 날 공격해?"

고블린의 주 무기는 활이었다. 힐긋 뒤를 돌아보자 놈들이 빠른 속도로 추격하며 화살을 장전했다.

'제기랄, 어떡하지?'

이대로 계속 달렸다가는 저 공격을 피하기 어려웠다. 뭔가 장애물이 필요했다.

"그래! 물의 정원!"

다행히 그들이 정신없이 뛰어가는 방향 쪽에 물의 정원이 있었다.

"필립, 밀튼! 물의 정원이야! 거기서 몸을 어떻게든 피해야 해!"

"으아아아! 여기서 개죽음을 당할 순 없어!"

"아버지! 어머니!"

저마다 비명을 지르며 발에 불이 나도록 뛰고 또 뛰었다. 고블린의 화살이 몇 개 더 날아왔지만, 놈들도 이동 중이선지 명중률이 그다지 높지 않았다.

"헉! 뭐지?"

물의 정원에 들어선다고 해도 딱히 수가 있는 것은 아니었다. 그저 뻥 뚫린 공간보다는 나을 거라는 생각에 무작정 달렸을 뿐이다.

그런데 웬걸. 이쪽도 상황은 비슷했다. 어디서 이 많은 몬스터가 튀어나왔는지 다양한 놈들로 아주 바글바글했다.

다만 한 가지 특이점이라면 놈들이 무참하게 학살당하고 있다는 사실이었다. 그것도 단 한 명에 의해서.

"퀸 형!"

라피트는 퀸이 이토록 반갑게 느껴진 적은 처음이었다. 화려한 물 쇼라도 선보이듯, 정원의 물이 퀸을 중심으로 쉬지 않고 솟구치며 근처의 몬스터를 도륙하고 있었다.

쑤아아잉 —

어느 틈에 만들어졌는지, 물의 창 수십여 개가 라피트와 친구들의 뒤쪽을 향해 무시무시한 속도로 날아갔다.

"꾸엑!"

"끄아악!"

몬스터들이 괴성을 터뜨리며 쓰러지는 소리가 요란하게 일대에 울려 퍼졌다. 물의 창은 곧 형체를 잃고 사라졌지만, 꼬치라도 꿴 듯 고블린 서너 마리가 나란히 복부가 뚫린 채 바닥을 뒹굴었다.

"헐, 완전 대박일세."

라피트는 입을 쩍 벌린 채 거의 경악에 가까운 표정으로 퀸을 바라보았다.

그는 혼자였다. 그럼에도 조금도 위축되거나 겁먹지 않았다. 오히려 몬스터들이 두려워하며 슬금슬금 피하고 있었다.

인어족인 퀸이 물을 다루는 장면을 본 건 이번이 처음이었다. 그의 손짓과 눈짓 한 번에, 평범하던 물이 즉시 날카로운 무기가 되어 이리저리 날아들었다.

저게 마법이 아니라면 무엇이란 말인가?

라피트는 퀸이 마법사가 아님을 알면서도 순간 그런 생각밖에는 들지 않았다. 그가 혼자라는 걸 아주 잠깐 염려했던 게 쓸데없을 만큼, 몬스터들은 퀸의 손아귀에 점점 전멸해 갔다.

저런 능력자를 비린내가 난다며 괴롭히고 따돌리려 했다

니. 새삼 자레드란 놈의 멍청함에 기가 찼다. 가문의 배경만 믿고 날뛰는 데도 정도라는 게 있는 법인데, 역시 사람은 머리가 나쁘면 몸이 고생한다는 게 맞는 말인 듯했다.

"끼아아아!"

라피트와 녀석의 친구들이 퀸의 원맨쇼를 물끄러미 구경하고 있는데, 갑자기 공중에서 이상한 소리가 들려왔다.

설마 와이번까지 쳐들어온 건 아니겠지?

놈은 지금까지 나타난 녀석들하고는 비교 자체가 불가능할 정도로 센 몬스터였다. 제발 와이번만은 아니길 빌며 라피트가 고개를 들었을 때, 강풍을 동반한 채 무언가가 그의 눈앞에 뚝 떨어졌다.

"에, 에이단 형?"

정체의 주인공은 에이단이었다.

이 형들이 난체로 날 놀라게 하려고 작정이라도 한 걸까?

엄청나게 큰 새의 등에 올라탄 모습으로 등장한 에이단 때문에 라피트는 또다시 충격에 빠졌다.

"잉그리드, 여기도 부탁할게."

그런 라피트를 에이단이 피식거리며 바라보다가, 잉그리드의 등에서 내려섰다.

"미우우!"

귀여운 대답과는 달리 잉그리드가 남아 있던 몬스터들을 가뿐하게 자근자근 밟아 주었다.

"잉그리드가 조금 변한 것 같네?"

"어, 마계의 피라는 게 대단하긴 한가 봐. 화나니깐 엄청 무서운 거 있지?"

"흠. 그래서, 여긴 왜 온 건데?"

퀸은 잉그리드의 달라진 모습을 보고도 별달리 놀라지 않았다. 오히려 이곳에 왜 왔는지에 대해 궁금해하며 인상을 찌푸렸다.

"타락의 숲으로 가야 할 것 같아."

"거기라면 이미 바율이 갔을 텐데?"

"그렇긴 한데…… 조금 문제가 생겼달까?"

"문제?"

"가 보면 알아."

에이단의 목소리는 자못 심각했다. 녀석이 이렇게 말할 정도면 그저 그런 일은 아니리라.

대관절 캐링스턴 아카데미에 무슨 일이 벌어지고 있는 건지, 이제는 제대로 알아봐야 할 때가 온 것 같았다.

Chapter 5.
17년 만의 상봉

1.

　친구들이 각자 고군분투하고 있을 시각. 바율 역시 타락의 숲에서 수많은 몬스터 떼를 상대하고 있었다.

　바율이 도착하자마자 가장 먼저 한 일은 몬스터들이 더는 아카데미로 향하지 못하도록 불의 장벽을 치는 것이었다.

　그다음은 그저 정령들이 알아서 하게끔 내버려 두었다. 오랜만에 열이 받은 이노센트는 갖은 욕을 해 가며 신나게 물 폭탄을 날렸고, 스피넬은 놈들이 눈에 띄는 족족 통구이로 만들어 버렸다. 덕분에 타락의 숲 입구 일대가 고기 타는 냄새로 진동했다.

셰임은 제 할 일을 하다가도 틈나는 대로 사체들을 열심히 묻었다.

물과 불과 땅의 긴밀한 조합이 더할 수 없이 훌륭했다.

"셰임, 안쪽 상황은 어떤가요?"

정령들이 막고 있어서 아카데미의 후방은 이제 걱정하지 않아도 되지만, 바율은 언제까지 이런 소모적인 싸움을 계속해야 하는지 알고 싶었다.

"가서 살펴보고 오겠습니다."

대충 감으로 짐작할 수 있을 것도 같은데, 셰임은 확실하게 하고픈 건지 즉시 모습을 감췄다.

'템페스타, 거기 사정은 어때?'

바율은 여유롭게 주위를 살피며 지금쯤 아카데미 내부를 훑고 있을 템페스타에게 상황을 물었다.

확실히 정령들이 상급으로 진화하고 나니 모든 게 너무 쉬웠다. 작년 봄, 친구들과 함께 어쎄신 다섯을 상대하며 쩔쩔매었던 것이 믿기지 않을 만큼 많은 것들이 달라졌다.

정령들의 능력도 능력이지만, 엄청난 수의 몬스터를 눈앞에 두고서도 별로 놀라지 않는 스스로가 새삼 신기했다.

앞으로 또 얼마나 많은 변화가 내게 일어날까?

차분하게 주변을 돌아보던 바율은 문득 자신의 미래가 궁금해졌다.

그러나 금세 고개를 가로저었다. 지금은 응급 상황이었다. 우선 중요한 일에 집중해야 했다.

'템페스타, 별일 없는 거 맞지?'

녀석에게서 답이 없었다. 혹시나 뭔가 사고라도 난 건가 싶어 바율이 채근하듯 다시 묻자, 다행히 녀석에게서 응답이 왔다.

'바율, 이 자식들 전부 어떻게 혼내 주지? 물의 정원에다가 확 던져 버릴까? 그럼 물귀신이 또 뭐라고 잔소리하려나?'

바율의 눈에 보이진 않지만, 템페스타는 현재 그의 명에 따라 아카데미 구석구석을 누비는 중이었다. 워낙 부지가 넓었기에 부지런히 움직이다 보니 대꾸가 늦었다.

'죽은 사람은 한 명도 없으니까 안심해, 바율!'

하늘의 도우심인지, 크고 작은 상처를 입은 부상자는 있었으나 사망자는 없었다. 가장 큰 공을 세운 건 역시나 템페스타였다. 거기에 에이단과 퀸, 그리고 일라이와 카셀의 빠른 대처도 한몫했다.

뒤늦게 소란을 감지하고 달려 나온 기사학부와 마법학부 교수들의 노력도 무시할 수 없었다.

특히 밀린 서류 정리를 하다 말고 튀어나온 마사 재닛 교수의 활약은 보는 이들의 눈을 휘둥그레지게 하기에 충분했다.

학생들에게 일명 독장미라 불리는 그녀의 주 수업은 승마였다. 기사의 실력은 말을 타는 것만 보아도 알 수 있다며, 신입생 때부터 아주 혹독하게 단련을 시켰다.

그런 그녀가 검과 석궁을 들고나와 몬스터들을 도륙하는 모습은, 상당히 이질적임과 동시에 학생들에게 묘한 동경심을 불러일으켰다.

어떻게 이런 실력을 감쪽같이 감추고 계셨는지 모르겠다면서 아이들이 숙덕거렸다. 그런 녀석들의 눈에는 이미 하트가 새겨져 있었다.

기사학부에 재닛 교수가 있다면, 마법학부 쪽은 당연히 카셀의 독무대였다. 대마법사란 위명에 걸맞게 그는 앞길을 막아서는 몬스터들을 가차 없이 쓰러뜨렸다.

그의 주특기 마법은 전격 계통이었다. 스피넬처럼 완벽한 통구이로 만드는 수준은 아니었지만, 그의 마법이 몬스터들에게 내리꽂힐 때마다 불유쾌한 냄새가 사람들의 코를 찔렀다.

몬스터의 두꺼운 가죽은 여러 방면으로 쓰임새가 많았다. 오늘 이곳에 업계 관계자가 있었다면 틀림없이 적지 않은 돈을 벌 수 있었으리라.

주로 낮보다는 밤에 일하는 경우가 잦은 아카데미의 경비병들도 부랴부랴 숙소에서 달려 나왔다. 절망의 신전에 상주하는 신성 기사 몇 명과 치료 사제들, 성기사를 지망하는 학생들까지 아카데미를 지켜 내기 위해서 저마다 힘을 보태고 있었다.

'바율! 나 다 끝난 것 같아!'

템페스타는 바율에게 보고하기 전에 아카데미를 그새 두 바퀴나 더 돌았다.

그럼에도 물의 정원을 제외하곤 더 이상 잡히는 소음이 없었다. 그곳은 퀸이 알아서 하겠다고 했기 때문에 녀석이 해야 할 일은 더 없었다.

'그럼, 나 이것들만 처리하고 갈게!'

그렇게 말하는 템페스타의 뒤쪽에선 회오리바람이 연신 돌아가고 있었는데, 그곳에서부터 온갖 비명이 새어 나왔다. 당연히 전부 몬스터들의 것이었다.

'그래, 템페스타. 물의 정원으로 가는 건 아니지?'

'물귀신이랑 싸우면 바율이 싫어할 거잖아. 멀리 항구 밖에다가 던져 버리고 올 거야.'

'응, 얼른 다녀와!'

바율이 웃으며 대답하자 칭찬이라도 받은 것처럼 템페스타기 헤실헤실 눈웃음을 지으며 휙 발길을 돌렸다.

"어? 에이단이다!"

그러다 막 아카데미를 벗어나려던 템페스타의 시야에 잉

그리드를 타고 날아가는 에이단의 모습이 잡혔다. 녀석은 재밌는 장난감이라도 발견한 듯 한달음에 날아가 아는 척을 해 댔다.

"에이단, 여기서 뭐 해?"

"어, 템페스타구나. 우리 지금……."

"어라? 근데 잉그리드, 너 왜 그렇게 변했어?"

"미우우?"

"너 엄청 못생겨진 거 알아? 완전 이상해."

"템페스타!"

비행 중 우연히 만난 템페스타가 잉그리드에게 못된 말을 하자 에이단이 버럭 고함을 질렀다. 아무리 귀염둥이 템페스타라지만 잉그리드에게 함부로 구는 것만은 절대 봐줄 수 없었다.

"뭐…… 좀 멋있어진 것 같기도 하고?"

에이단의 호통에 템페스타가 뒤늦게 조그만 목소리로 덧붙였다. 그러자 못생겼다는 말에 움찔하던 잉그리드가 금세 수줍은 듯 울음을 토했다.

"미우우."

에이단은 기가 막혀 순간 할 말을 잃었다. 아무래도 녀석은 몬스터를 제외한 상대에게는 화를 내는 법을 모르는 것 같았다.

"아무튼, 그럼 난 이만 일 보러 갈게!"

"미우!"

에이단의 답은 기다리지도 않고 템페스타가 쌩하니 사라졌다. 그런 녀석의 뒤로는, 에이단이 조금 전 상대했던 몬스터와는 비교조차 할 수 없을 정도로 큰 규모의 몬스터들이 허무하게 끌려가고 있었다.

"그러게 왜 여길 넘봐?"

동정심 따위는 전혀 느껴지지 않았다. 에이단은 고개를 두어 번 저어 준 뒤 타락의 숲을 향해 빠르게 날아갔다.

"바율!"

"에이단! 무사했구나."

녀석이 도착했을 땐 역시나 상상했던 대로 상황이 안정적으로 흘러가고 있었다. 그리고 언제 왔는지 일라이가 바율 곁에 있었다.

"이제 오냐?"

"어, 처리하고 올 일이 있었거든."

"보아하니 잉그리드가 크게 한 건 했나 보지?"

일라이가 달라진 잉그리드의 모습을 제법 흥미롭게 살폈다.

"응, 덕분에 애들이 다 알게 됐어. 뭐라고 설명해야 할지 벌써부터 머리가 지끈 아파 온다."

"슈빅이 엄청 귀찮게 하겠구먼."

그것이 내심 고소한지 일라이가 키득거렸다.

"지금 넌 이 사태를 보고도 웃음이 나오냐? 무려 아카데미에 몬스터가 쳐들어왔다고!"

"바율이 잘 막아 내고 있잖아. 할 일 없어서 놀고 있는 이 몸은 안 보이냐?"

"왜 자꾸 금요일만 되면 사건이 터지는 거지? 무슨 마라도 낀 건가? 진짜 누가 뒤에서 음모라도 꾸미는 거 아니야?"

"천족 얘기를 하고 싶은 거냐?"

"이해할 수 없는 일이 계속 생기니까. 범인이 무슨 이유로 이런 짓을 벌이는지, 혹시 바율을 노리는 것은 아닌지…… 어수선해 죽겠다."

"저기, 애들아."

에이단과 일라이의 대화를 복잡한 눈길로 응시하던 바율은 이전부터 신경을 건드리던 일에 대해 털어놓았다. 당연히 친구들의 반응은 뜨거웠다.

"뭐? 뒤통수가 따가울 만큼 강한 시선을 느꼈다고?"

"그런데 돌아보면 흔적이 전혀 없어?"

"그게 언제부터인데?"

"새 학기 첫날 식당에서부터."

"바율, 넌 그걸 왜 이제 말하냐? 그 시선의 주인이 천족이었을 수도 있는 거잖아!"

"그게…… 그때는 전혀 천족에 관해 몰랐기도 했고, 나한테 용건이 있으면 직접 나타나겠지 하고 가볍게 생각했었어. 워낙에 나에 대한 아이들의 관심도가 높기도 했었고. 사실 여태 벌어진 일이 천족 짓이란 증거가 없긴 지금도 마찬가지잖아……."

친구들의 닦달에 기가 죽은 바율이 핑계처럼 중얼거릴 때였다.

"바율 님."

셰임이 심각한 목소리로 바율을 찾았다. 단박에 이상함을 감지한 바율과 친구들은 긴장하며 그를 바라봤다.

"타락의 숲 깊숙한 곳에서 마나 게이트를 발견했습니다."

"…마나 게이트요?"

"네, 그곳을 통해 몬스터들이 지속적으로 보충되고 있었습니다. 제가 없애 보려고 했지만 불가능했습니다."

"헐, 뭐야. 그러니까 누군가 처음부터 이럴 작정으로 그걸 몰래 설치했다는 거네?"

"근데, 마나 게이트면 아무나 만들 수 없는 거 아닌가? 대마법사 정도는 되어야 겨우 손댈 수 있는 분야라고 알고 있는데. 역시 그럼 카셀 그자가……."

"내가 이미 물어봤지. 자기 입으로 아니라고 했어."

"라이, 넌 그 말을 믿냐?"

"내 감을 믿어."

"어쨌든, 그러면 마나 게이트만 부수면 이 사태가 끝나는 거지?"

상급 정령인 셰임의 힘으로도 불가능하다면, 사대 정령이 힘을 합치는 수밖에는 없었다.

지금은 누가 무슨 까닭으로 게이트를 만들었는지 중요하지 않았다. 그곳을 막아서 더는 몬스터가 침입하지 않도록 하는 게 우선이었다.

"끄아아아!"

그때였다.

바율이 홀로 결정을 내린 순간, 별안간 이전과는 전혀 다른 소리가 그들의 고막을 깨웠다.

"뭐야?"

바율과 친구들이 황급히 돌아보자 분노에 찬 오우거가 돌격해 오고 있었다. 희한하게도 놈은 스피넬의 불덩이를 맞고도 그슬리기만 할 뿐, 전의 다른 녀석들처럼 통구이가 되지는 않았다.

스피넬의 기운이 벌써 다한 걸까?

당황한 바율이 서둘러 정령들의 힘을 살펴보았으나 그런

기미조차 느껴지지 않았다.

"왜들 이래?"

변한 건 스피넬만이 아니었다. 이노센트의 물 폭탄도 효과가 뚝 떨어졌다. 셰임이 생매장을 해도 얼마 되지 않아서 흙더미를 뚫고 튀어나왔다.

정령들의 힘에는 아무런 문제가 없었다. 그렇다는 건 몬스터들의 능력이 갑자기 비약적으로 향상되었다는 뜻이었다.

그때, 타락의 숲 입구에 지금까지 보지 못했던 몬스터가 나타났다.

외형을 한 마디로 설명하자면, '서 있는 도마뱀'이라고 해야 할까?

덩치는 그리 크지 않지만, 몬스터 주제에 마법을 쓸 줄 아는 종족. 바로 라자드맨이었다. 놈들이 단체로 속속 모습을 드러냈다.

"아하! 보아하니 저놈들이 마법을 걸어 준 모양이네."

정령에게만 상황을 맡긴 채 여유를 부리고 있던 일라이가 같잖다는 듯 입꼬리를 올렸다.

"감히 내 앞에서 잔재주를 부려?"

주변엔 아직 그들 말고는 보는 눈이 없었다. 일라이가 망설임 없이 놈들에게로 파이어 볼을 난사했다.

파이어 볼은 고작 3서클의 공격 마법이지만, 누가 행하느냐에 따라 그 위력이 천차만별이었다.

일라이는 태어날 때부터 마법을 구사한다는 드래곤이었다. 그것도 용암에서 나고 자라는 레드 일족의 마지막 핏줄이다.

일라이의 파이어 볼이 라자드맨을 목표로 연이어 날아가 폭사되었다.

쾅! 콰쾅! 쾅쾅!

거대한 폭발음과 함께 자욱한 검은 연기가 한동안 주변을 메웠다.

"……!"

그런데 어찌 된 연유일까?

비록 해츨링이라고는 하나 무려 드래곤의 마법이었다. 기척을 감지하고 도망을 가도 모자랄 판국에 놈들에게 전혀 해를 끼치지 못했다.

쾅! 콰쾅!

일라이는 믿을 수 없어 재차 시도해 보았다. 그러나 결과는 같았다. 한낱 라자드맨이 드래곤의 힘을 견디고 있었다.

"말도 안 돼."

일라이는 적지 않게 충격 받은 얼굴이었다.

"어떡하지?"

라자드맨의 합류로 몬스터들의 기세가 하늘을 찌를 듯했다. 정령들이 끊임없이 공격해 보았지만, 성과가 너무나 미미했다.

급기야 단체로 불의 장벽을 뚫고 나오기 직전이었다.

내가 너무 안일하게 생각했던 걸까?

바율이 스스로를 자책하고 있을 때, 때마침 타락의 숲으로 사람들이 몰려들었다. 내부가 안전해지자 바율을 돕고자 나선 것이다.

"바율!"

"에이단! 라이!"

로건과 라나사가 숨을 헐떡거리며 뛰어왔다. 아카데미의 경비병들과 교수들은 물론, 학생들까지 나서서 전의를 불태웠다. 개중엔 당연히 카셀도 있었다.

"쇄쇄쇅!"

라자드맨이 혀를 날름거리며 무언가를 명령하자 장벽 근처에 얼씬거리던 몬스터들이 괴성을 내지르며 한꺼번에 달려 나왔다.

온몸이 불에 그슬리든 말든, 놈들은 상관도 하지 않았다. 그것이 인간들에게는 더 섬뜩하고 두렵게 비쳤다.

"끄아아!"

갑작스러운 사태에 바율이 당황하는 사이, 오우거가 휘

두른 도끼를 맞고 경비병 하나가 훌쩍 날아가더니 기절한 듯 움직임이 없었다.

그것이 신호라도 된 양, 오크들의 집단 공격이 무차별적으로 시작되었다.

핑! 핑!

이어 고블린의 화살이 창공을 갈랐다. 빼곡한 화살의 수를 보며 바율은 절망했다. 저걸 내버려 뒀다간 다량의 부상자가 발생할 것이다.

"안 돼!"

쑤아앙!

바율의 눈이 은백색으로 반짝임과 동시에 거센 바람이 불었다. 고블린들이 쏘아 올린 화살이 돌풍에 휩쓸려 무력하게 우수수 떨어져 내렸다.

"…어?"

그리고 랑트에서처럼 갑자기 시간이 멈추었다. 장벽을 넘어선 몬스터도, 그들을 맞아 기꺼이 목숨을 내걸고 싸우던 이들 모두 석상처럼 굳었다.

"바, 바율?"

"너 지금…… 뭐한 거냐?"

다행인지 불행인지 에이단과 일라이는 그 안에 속하지 않았다. 그리고 또 한 사람.

"오호! 정령사에겐 이런 능력도 있나 보지?"

카셀이 섬뜩하리만치 아름다운 미소를 지은 채 바율을 보며 감탄해 마지않았다. 바율에 대한 그의 호감도가 다시 한번 상승하는 순간이었다.

"…설명은 나중에 할게."

로건과 라나사의 굳은 모습을 애써 외면하며 바율은 해명을 다음으로 미뤘다. 기억대로라면 시간을 멈추는 능력은 그리 오래 가지 않았다.

무슨 원리로 누구는 굳고 누구는 굳지 않는지 구별할 수도 없었다. 분명한 사실은 지금이 매우 중요한 기회라는 것이었다.

바율은 카셀이 듣지 못하도록 소리를 차단한 뒤 친구들에게 말했다.

"이참에 마나 게이트를 파괴해야 할 것 같아."

"바율 너 혼자서?"

"누가 이런 짓을 벌인 건지도 아직 모르잖아. 너무 위험해. 같이 가자."

에이단과 일라이가 절대 안 된다며 바율을 붙들었다.

"너희는 여기서 해 줄 게 있어. 강한 몬스터들 위주로 먼저 처리 좀 부탁할게."

"처리? 멈춰 있는데 그게 가능해?"

"응, 에이단. 방어를 못 하니까 훨씬 쉬울 거야. 그러다 갑자기 움직일 수도 있으니까 조심하고. 내가 멈추긴 했지만, 언제 풀리는지 정확한 때를 알 수 없어서."

"…이런 게 처음은 아닌 거구나?"

"두 번째야. 카셀…… 교수님에게도 내가 따로 얘기할게."

현재 바율과 일라이, 에이단을 제외하고 멀쩡히 움직이는 것은 그뿐이니, 내키지 않아도 도움을 청해야만 했다.

"그럼 일단 내가 얼른 가서 퀸부터 데려올게. 그러고 나서 찢어지자."

바율의 뜻은 알겠지만, 아무리 생각해도 녀석을 혼자 보낼 수는 없었다. 누구라도 한 명은 따라가야 마음이 놓일 것 같았다.

에이단은 말하기가 무섭게 잉그리드에 올라탔다. 녀석 역시 마계에서 온 생물이라 그런지 시간의 제약에 전혀 영향을 받지 않았다.

"암, 셋보단 넷이 낫지."

일라이가 어서 다녀오라며 손을 내저었다. 두 녀석에게 여길 맡기고, 자신이 바율을 따라갈 참이었다.

"저렇게 탈 수도 있는 거군."

카셀은 아까부터 잉그리드의 정체가 무엇인지 궁금했었

다. 덩치도 덩치지만, 생김새도 그간 본 적이 없었던 탓이다.

한데 에이단이 그런 거조와 교감하며 자유롭게 타고 날아오르는 장면을 보자니 신비하면서도 어이가 없었다. 보통 꼬마는 아닐 거라 짐작은 했다만, 여러모로 참 신기한 녀석들이었다.

그렇게 얼마 지나지 않아 에이단이 퀸을 타락의 숲 입구로 데려왔다.

"…이건 또 뭐지?"

멈춰 있는 사람들과 몬스터들을 보고 퀸은 인상을 일그러뜨렸다. 이상도 할 것이다. 바율도 랑트에서 저도 모르는 능력을 처음 발현했을 때, 딱 퀸과 같은 표정을 지었었다.

"퀸, 길게 말할 시간이 없어."

바율은 한시가 급하기에 자신이 한 거라고만 짧게 얘기하고 바로 본론으로 들어갔다.

"타락의 숲에 누군가 의도적으로 마나 게이트를 설치했어. 그곳으로부터 몬스터가 계속 흘러들어 오고 있고. 그걸 당장 부수러 가야 해."

"그래? 그럼 가자."

퀸은 일말의 주저함도 없었다. 바율이 가자고 하면 그곳이 어디든, 설사 지옥이라도 해도 따라갈 태세였다.

"그게, 퀸 너랑 에이단은 여기 남아서 저놈들을 해결해야 해. 거긴 마법 지식이 있는 내가 가는 게 더 나을 것 같거든."

"…둘이서 괜찮겠어?"

퀸은 대놓고 바율과 떨어지기 싫은 얼굴이었다. 그러나 일라이의 말에도 일리가 있었고, 시간이 없다며 초조해하는 기색이 역력한 바율을 면전에 두고 차마 다른 대꾸를 할 수가 없었다.

"알았어. 조심히 다녀와."

"이노센트."

바율은 고맙다는 듯 퀸을 향해 미소 지으며 이노센트를 불렀다.

인어족인 퀸은 물이 있어야 힘을 발휘할 수 있었다. 바율의 뜻을 알아차린 이노센트가 곧 커다란 물웅덩이를 만들어 냈다.

"셰임, 데스를 불러 주시겠어요?"

작금의 상황 역시 천족이 관련되어 있을지 몰랐다. 흔적을 감추는 게 그들의 특기라고 하긴 했지만, 서두르면 행적을 찾을 수도 있었다. 그리고 그 일은 데스가 해 주어야만 했다.

"우린 먼저 가 있자."

셰임이 마나 게이트가 있는 곳까지 가는 길을 내어놓았기 때문에 찾아가는 것은 어렵지 않았다.

'템페스타, 서둘러 와 줘!'

바율은 몬스터를 치우러 간 템페스타에게도 긴급히 요청했다. 그리고 소리 차단을 풀며 카셀에게로 다가갔다.

"카셀 교수님."

"드디어 끼워 주는 건가?"

카셀이 기다렸다는 듯 눈망울을 빛내며 바율을 반갑게 맞았다.

"숲 안쪽에 문제가 생겨서 가 봐야 합니다. 교수님께서는 제 친구들과 함께 이쪽 일을 해결해 주셨으면 합니다."

"안쪽이 이곳보다 더 위험할 것 같은데, 거길 동행하는 게 낫지 않을까?"

"아니요, 여기에 계셔 주는 게 더 큰 도움이 될 겁니다."

"흐음, 어떻게 하면 되는데?"

"그건 저희가 알려 드리죠."

이미 많은 시간을 지체했다. 에이단이 설명은 자신이 할 테니 빨리 가라며 바율과 일라이의 등을 떠밀었다.

"그럼 믿고 간다."

"조심해야 해."

"바율! 나 왔어!"

바율이 막 발을 떼려는 순간, 타이밍 좋게 템페스타가 바람 같이 나타났다.

"오랜만이네?"

카셀이 그런 템페스타를 보며 마치 오랜 친구라도 만난 양 익숙하게 인사했다. 물론 그를 향한 템페스타의 눈빛은 벌레 보듯 떨떠름했다. 바율의 급한 마음이 느껴지지 않았다면 한바탕 대거리를 하고도 남았다.

"얼른 가자!"

바율의 재촉에 템페스타가 바율과 일라이를 데리고 즉시 하늘로 치솟았다. 녀석은 가는 동안 자신이 몬스터를 어떤 방식으로 처단했는지에 대해 시끄럽게 떠들었다.

"어? 이렇게 생긴 놈들은 처음이네?"

마나 게이트는 숲속의 끝자락, 어느 공터의 한복판에 자리해 있었다. 둥그런 원의 형태로, 지상보다 조금 높게 허공에 뜬 상태였다. 그곳을 통해 넘어온 몬스터들이 근처에 굳어진 채 늘어져 있었다.

개중 라자드맨의 주변을 신기하다는 듯 맴돌던 템페스타가 돌연 바람을 획획 날렸다.

툭! 투둑! 툭!

순식간에 주위의 모든 몬스터들이 여러 조각으로 토막이 난 채 바닥으로 우수수 쏟아졌다. 피는 단 한 방울도 흐르지 않았다.

"하, 이거 혹시 마황 능력이냐?"

역시 일라이는 눈치가 빨랐다. 바율이 말없이 긍정하자 그가 기가 찬다는 듯 숨을 들이켰다.

"아주 가지가지 하지. 망할 마족들 같으니라고."

"이런, 뒷담화 중인 줄 알았으면 조금 더 늦게 올 걸 그랬나?

일라이가 버릇처럼 마족들을 욕하는데, 뒤에서 불쑥 마황의 음색이 들려왔다. 급히 돌아보니 어느새 공터 어귀에 크루델리스와 데스가 도착해 있었다. 그들과 함께하고 있던 셰임은 자연스레 바율 곁에 와 섰다.

이로써 사대 정령이 모두 모였다.

"이거야?"

데스가 천천히 걸어오며 마나 게이트를 쓱 훑었다.

"누군가 고의로 설치한 것 같아요. 이곳을 통해 몬스터가 계속 유입되고 있고요."

"오면서 들었어."

"내 능력을 다시 사용하게 된 소감이 어때? 상당히 유용하지?"

마황은 바율이 시간을 멈춘 게 꽤 마음에 든 모양이었다. 당장의 심각성을 전혀 인지하지 못한 것인지, 생글거리는 모습이 퍽이나 그다웠다.

"지금 그게 중요해? 천족인지 뭔지가 왔다 간 흔적이 있는지 알아보려고 당신들을 부른 거잖아! 이제 밥값이라는 걸 좀 할 때도 되지 않았어?"

"넌 드래곤씩이나 돼서 그런 것도 느끼지 못하나 보지? 라노스의 새끼가 그것밖에 안 돼?"

"…경고하는데 내 앞에서 함부로 그 이름 올리지 마."

일라이에게 친부에 관한 얘기는 역린 같은 것이었다. 녀석이 으르렁거리며 노려보자 크루델리스가 태연하게 어깨를 으쓱였다.

"난 칭찬한 건데 왜 화를 내지? 설마 라노스가 어떤 놈이었는지 모르는 건가?"

"…그만하랬지."

마황이 의도한 것은 아니었지만, 그는 분명 일라이를 자극하고 있었다. 바율은 재빨리 둘 사이로 끼어들며 마나 게이트를 가리켰다.

"지금은 이게 먼저예요. 마나 게이트를 부수기 전에, 여기에서 천족의 흔적이 느껴지는지 알고 싶어서 두 분을 부른 겁니다. 어떤가요? 정말 그들이 한 짓이 맞습니까?"

"어."

"맞아."

"이번엔 대놓고 자기 짓이라고 밝히고 싶었던 모양이야. 천기를 전혀 지우지 않았어."

"도발이라도 하는 것 같군."

마나 게이트를 보는 마황과 데스의 눈빛이 각자 오묘하게 빛났다. 서로가 다른 생각을 하고 있었지만, 그 끝에 닿는 결론은 하나인 듯했다.

"…진짜로 천족이라고? 확실해?"

일라이는 다시 물었고, 두 마족은 그렇다는 듯 고개를 끄덕일 뿐이었다.

바율은 머릿속이 복잡해졌다.

천족이 정령계의 멸망과 어떤 식으로든 관련이 있을 거라 예상하긴 했다. 그런 그들이 하필이면 정령계를 복원시켜야 할 의무가 있는 자신의 주변에 나타나 장난을 쳐 대고 있다.

이건 절대 우연이 아니다.

그 목적이 무엇인지 아직 알 수는 없지만, 바율과 대척점에 있다는 것만은 이제 분명한 사실이었다.

"슬슬 시간이 원래대로 움직일 것 같은데?"

마황의 음성에 바율은 퍼뜩 정신을 차렸다. 우선은 해야할 일이 있었다. 그가 정령들에게 서둘러 마나 게이트를 부수라고 명령했다.

사대 정령이 마나 게이트를 중심으로 제각각 네 방위로 흩어졌다. 그리고 자신들이 지닌 최대한의 기운을 일제히 마나 게이트를 향해 쏘았다.

2.

"이거란 말이지?"

작고 왜소한 체구의 소년이었다. 그가 장난기가 가득한 웃음을 만면에 띤 채 정령석을 내려다보았다.

발로 툭툭 차 보고 손으로 꾹꾹 눌러 보는 일련의 행위들이 천진해 보이다가도, 언뜻언뜻 짙은 살기가 푸른 눈동자에 내비쳤다.

"이따위 것으로 뭘 할 수 있다고."

한심하다는 듯 중얼거리며 한참을 꼿꼿하게 서 있던 소년이 어느 순간 표정을 굳히며 서서히 날아올랐다. 그런 그의 손에는 성스러울 정도로 빛나는 황금색 검이 들려 있었다.

그리고 잠시 후.

공중에서 타락의 숲 어딘가를 비웃듯 바라보던 그가 돌연 지면을 향해 벼락처럼 검을 휘둘렀다.

긴 세월 꿋꿋하게 자리를 지키고 있던 정령석이, 그 가벼운 손짓 한 번에 허무하게 두 조각으로 갈라졌다.

동시에 소년의 모습은 번개처럼 사라졌다.

3.

"크아악!"

마황과 데스가 고개를 번쩍 쳐든 것은 바율이 가슴을 부여잡으며 비명을 지른 순간이었다. 심장이 뜯기는 듯한 통증을 느끼며 바율은 그대로 혼절했다.

"바, 바율?"

마나 게이트가 막 사그라지는 모습을 보며 안도하고 있던 일라이는 소스라치게 놀라며 쓰러진 바율에게로 달려갔다.

"바율! 왜 그래? 정신 차려 봐!"

일라이가 녀석을 마구 흔들었지만 아무런 반응도 없었다. 다행스러운 건 그래도 숨은 쉬고 있다는 것이었다.

"대, 대체 뭐야?"

당장 퀸을 불러와야 하는 걸까?

바율이 쓰러지거나 아프면 자연스레 퀸부터 떠오른다.

당황한 일라이가 안절부절못하며 벌벌 떨고만 있는 그때, 데스가 말도 없이 공간 이동으로 훅 모습을 감췄다. 마치 누군가를 쫓기라도 하듯이.

"진정해."

일라이는 자신의 어깨에 마황의 손길이 닿고서야 본인이 떨고 있었다는 것을 자각했다. 그가 멍하니 고개를 올려 바라보자 마황이 입을 열었다.

"지금 녀석은 과정을 견디고 있는 것뿐이야."

"…과정이라니?"

일라이로서는 이해하기 힘든 말이었다.

"그건 깨어나면 직접 들어 봐."

그러고 보니 언제부터인가 사대 정령이 바율을 호위하듯 주변을 포진하고 있었다. 그런 녀석들의 얼굴에는 걱정하는 기색이라곤 전혀 찾아볼 수 없었다.

뭐지?

차가운 흙바닥에 누워 있는 바율의 안색은 파리한 정도를 넘어 죽은 게 아닌가 싶을 만큼 온기가 전혀 없었다. 이상한 점이라면 감은 두 눈이 계속 잘게 떨리고 있다는 것 정도였다.

일라이는 짐작도 못 했지만, 바율은 실로 놀라운 경험을 하는 중이었다.

현실이 훌쩍 뒤로 물러나며, 그의 눈앞에 나타난 건 녀석이 꿈에도 그리던 어머니였다.

4.

바율의 마지막 기억은, 가슴을 짓이기는 듯한 엄청난 고통이 자신을 덮친 일이었다. 흐릿해지는 의식 속에서도 그 통증이 낯설지 않아 누군가 정령석을 건드렸음을 어렴풋이나마 짐작했다.

이 또한 천족의 짓일까?

그로 인해 내가 죽기라도 한 것인가?

뇌를 잠식하는 불길한 상상에 바율이 허우적거리는 그때, 별안간 청량한 기운과 함께 주변에 푸른 물이 넘실거렸다. 그리고 그 물결 너머로 무언가가 희미하게 비쳤다.

'…뭐지?'

바율은 묘한 감정에 휩싸였다. 그는 무엇인지 확실하지도 않은 물체가 점점 가까워져 오는 광경을 두근거리는 심정으로 지켜보았다.

그것은 꼭 새 같기도 했다. 몸통을 중심으로 양측의 두 날개가 펄럭일 때마다 진주알같이 생긴 하얀 포말이 일어났다.

하지만 그건 바율의 착각이었다.

마침내 물길을 헤치고 바율 앞에 당도한 것은, 놀랍게도 새가 아니라 사람이었다.

평생을 그리워했지만, 초상화로밖에 만날 수 없었던 아리따운 여인. 아버지께서 '이베트'라 이름을 지어 주신 어머니가 마치 환상처럼 나타났다.

바율의 입술이 들썩거렸다. 어머니께 무어라 말하고 싶은데, 너무 놀란 탓인지 말이 자꾸 속에서만 맴돌았다. 이러다 어머니가 사라지기라도 할까 봐 더럭 겁이 났다.

꿈이라면 절대 깨고 싶지 않다고 바율이 생각하는 순간, 그녀의 손이 슥 올라왔다.

"……!"

심장이 과도하게 피를 뿜어낸다. 한쪽 뺨에 너무나 분명한 촉감이 느껴졌다. 환영이라면 절대 느낄 수 없는.

차갑고 서늘하지만, 동시에 따뜻함을 품고 있는 기운.

갑자기 속에서 뭔가가 울컥하며 그간 억눌렸던 감정이 뜨겁게 용솟음쳤다. 저도 모르게 눈에서는 눈물이 투둑 비어져 나왔다.

"바율…… 내 아들아……."

울고 있는 건 바율뿐만이 아니었다. 닿으면 부서지기라

도 할 듯 조심스레 아들의 뺨을 쓰다듬고 있는 이베트 역시 눈가에 푸른 빛깔의 눈물이 방울방울 맺혀 있었다.

"어머니……."

그토록 불러 보고 싶었던 세 글자였다. 겨우 말문이 열리고, 바율의 입에서 갈라진 음성이 새어 나왔다.

"너를 이렇게 볼 수 있게 되다니…… 너무나 대견하구나."

자그마치 17년 만의 모자 상봉이었다. 하고 싶은 말이 무수하게 많지만, 지금은 그저 서로를 바라보는 것만으로도 감당할 수 없을 만큼 가슴이 벅찼다.

어머니의 음성은 생각했던 것보다 훨씬 더 상냥하고 부드러웠다.

"정녕…… 어머니가 맞으십니까?"

뺨에 와 닿는 촉감도 여전했지만, 도무지 믿기지가 않아서 바율은 그렇게 물을 수밖에 없었다.

"그래…… 갑작스러운 상황에 궁금한 게 많겠지. 너와 내가 어떻게 이리 만나게 되었는지 알고 싶니?"

바율의 속내를 알기라도 하듯 이베트가 자애로운 미소를 지으며 설명했다.

"잠시 인간계와 정령계를 연결 짓는 통로가 열린 거란다."

"…통로가 열려요?"

"내가 직접 네게 걸어 주었던 그 펜던트 말이다. 그게 너로 인해 잠깐이나마 개방이 되었구나."

"그러니까 이 펜던트가…… 정령계로 통하는 문이란 말씀인가요?"

이베트가 조용히 고개를 끄덕거렸다.

"그래서 일부러 남기고 온 것이지. 언젠가 이런 날이 올 거라 믿으면서."

"저는…… 전혀 몰랐습니다. 일전에 펜던트를 통해 어머니의 음성을 듣고 정령계와 연락할 수 있는 수단 같은 것이라고만 짐작했었는데……."

이제 보니 훨씬 더 중요한 기능이 숨겨져 있었다.

"…그럼 앞으로도 이렇게 어머니를 뵐 수 있는 건가요?"

생각지도 못했던 희망이 불쑥 생겨났다. 어머니를 만났다는 기쁨에 그녀의 말을 제대로 듣지 못한 탓이었다.

"나도 그랬으면 좋겠구나……."

이베트는 슬픈 기색을 애써 감추며 아들에게 꼭 해야 할 말을 전했다.

"바율, 나의 아들아. 너에게는 전대 정령왕들의 기운이 담겨 있단다. 너는 상상조차 할 수 없는 아주 크고 강한 힘이지."

"네, 알고 있어요. 어머니를 통해 제게 옮겨 왔다는 거. 어머니께선 그때 기억을…… 잃으셨던 거죠?"

"그래, 그러다가 바세리스를 만났지."

아버지를 떠올리신 듯 어머니의 표정이 일순 비통하게 잠겼다.

"…나는, 아니 우리 넷은 무너져 가는 정령계를 복원시키라는 임무를 부여받고 인간계로 피신해 왔단다."

"넷이라면……?"

"짐작하는 게 맞을 것 같구나. 나는 물의 정령왕 다프네그란데 님의 기운을, 나머지 셋 역시 각자 자신들이 모시던 정령왕의 힘을 고이 간직한 채로 떠나왔지."

"어머니께선 역시 물의 상급 정령이셨군요. 혹시 본래 이름이 아그니스이신가요?"

"네가 그걸 어떻게……?"

이베트가 진심으로 놀란 듯 눈을 둥그렇게 떴다. 바율은 마황에게서 들은 얘기를 짤막하게 털어놓았다.

"크루델리스 님이 마황이 되었다고?"

어째선지 그녀는 바율이 마황을 만났다는 것보다 그가 마황이 되었다는 사실에 더 충격을 받은 것 같았다.

"그때는 마황이 아니었던 모양이죠? 다프네그란데 님과 연인 사이였다고 말씀하시던데……."

"그랬지…… 내가 가끔 둘 사이에서 심부름을 하고는 했었단다."

불쑥 떠오르는 옛 기억에 이베트의 얼굴에 씁쓸함이 번졌다.

"제가 괜한 걸 물었나 봅니다."

바율은 괜스레 죄스러운 마음이 들었다.

"아니다. 크루델리스 님이 네 곁에 있다니 왠지 더 안심이 되는구나."

마족, 심지어 마황을 거론하면서 안심하시는 어머니의 모습은 바율에겐 상당히 뜻밖이었다. 그만큼 전대 물의 정령왕과 마황의 관계가 깊었다는 뜻인 걸까.

"궁금한 것이 있습니다. 어머니와 같이 내려오신 분들은 어떻게 되신 겁니까?"

"…그들은 모두 죽었다."

"예?"

"그것이 네가 사대 정령의 기운을 모두 갖게 된 이유란다."

"그게 무슨……?"

혼란스러워하는 아들을 이해한다는 듯 쳐다보며 이베트가 마저 설명했다.

"우리 넷이 겨우 인간계로 피신했을 때, 불행히도 멀쩡한 것은 나 하나뿐이었다. 다들 임무를 수행할 만한 상태가 아니었지. 감히 상급 정령의 몸으로 정령왕의 기운을 담은 대가였단다."

"아……."

"그래서 우린 상의 끝에 무리수를 감행했다. 어차피 실패했으니 마지막은 운에 맡겨 보자며, 유일하게 온전했던 나에게 모든 힘을 불어넣었지."

"모든 힘이라면…… 나머지 정령왕의 기운을 전부 어머니께 몰았다는 것입니까?"

"그렇단다. 순식간에 정령계의 운명이 내게 달리게 되었지. 그들은 가진 힘을 모두 나에게 쏟아붓고 그 자리에서 눈을 감았다. 그리고 나 또한 정신을 잃고 말았지."

바율은 왠지 뒷이야기가 어떻게 흘러갈지 알 것 같았다. 어머니가 기억을 잃은 채 아버지를 만난 건, 정령계가 멸망하고 수천 년이 지나고 나서였다.

이제야 아귀가 딱딱 맞아떨어진다. 어머니께선 감당조차 하기 힘든 막대한 양의 기운을 몸에 담으신 채로 오랜 시간을 잠들어 있다가 홀로 깨어나신 것이다. 아마도 기억을 잃은 것 역시 당시에 받은 충격 내문일 게 뻔했다.

그러다가 아버지를 만나 결혼을 했고, 나와 형을 낳다가 오늘날 이런 결과가 나온 것이다.

"출산을 하는 순간, 내 뱃속에서 나온 작은 네 몸으로 사대 정령왕의 기운이 빨려 들어가는 것을 느끼면서 잃어버렸던 기억이 돌아왔단다. 모순적이게도 내가 인간계에서 버틸 수 있었던 건 정령왕의 기운을 품었던 덕분이었지. 하지만 힘이 네게로 전이되는 바람에 더 머물고 싶어도 머물수가 없게 된 것이란다."

그때를 회상할 때면 이베트는 지금도 잘게 몸이 떨렸다. 갓 낳은 두 아들의 곁을 떠나야 하는 심정, 태어나 처음으로 마음을 주었던 사내에게 아무런 설명조차 하지 못하고 사라질 수밖에 없었던 그녀의 심경은 말로는 차마 표현할 길이 없었다.

"결과적으론 운이 좋았다고 말할 수도 있겠구나. 나와 내 동료가 바라던 대로 사대 정령왕의 기운을 모두 살려 냈으니까."

"하지만 저 때문에 어머니께서……."

"아니, 나 때문이야. 내가 기억을 잃지만 않았어도, 네게 이런 큰 짐을 지워 주지는 않았을 텐데……."

이베트는 자신이 해야 할 일을 아들인 바율이 대신하게 된 것에 대한 미안한 마음이 컸다. 그런 한편, 그것을 무척이나 잘 해내고 있는 아들이 대견하기도 했다.

"짐이라고 생각하지 않아요. 전혀."

바율은 자신을 향한 어머니의 눈빛이 슬픔에 잠기는 걸 보곤 가슴이 덜컹해 얼른 대꾸했다. 기실 그것은 거짓말이 아니었다. 그가 계획했던 것은 아니지만, 바율은 현재 자신의 삶에 만족했다.

"정령의 부재로 인간계가 엉망이 되었습니다. 어머니 덕분에 아무것도 아닌 제가 큰일을 하게 되었어요. 이제는 사명감도 생겼고요. 혼란스러웠던 건 사실이지만, 어머니를 조금도 원망하지 않습니다. 이렇게 뵙고 있다는 것만으로도 너무 기쁜걸요."

"나도 지금 이 순간이 꿈인 것만 같구나."

"아버지께 오늘 일을 말씀드리면 분명 기꺼워하실 겁니다."

"바세리스…… 그는 잘 지내고 있는 거니?"

"네. 어머니를 많이 뵙고 싶어 하세요. 아버지께서도 어머니가 정령계에 살아 계신다는 걸 아십니다. 지금처럼 아버지도 어머니를 만나실 수 있는 거죠?"

그럴 수만 있다면 바율은 무슨 짓이든 할 수 있었다.

"언젠가는…… 그럴 수 있을 거라 믿는다."

"언젠가는요……? 하지만 이 펜던트가 통로라고 하셨잖아요. 그럼 아무 때나 만날 수 있는 게 아닌가요?"

"그걸 자유롭게 쓸 수 있으려면 정령계가 완전히 복원되거나, 네가 전대 정령왕의 기운을 완벽하게 각성해야 한단다. 지금은 아까도 말했다시피 잠시 이어진 것일 뿐이다. 네가 지닌 힘이 어떤 이유로 인해 일시적으로 커진 덕분이지."

희망이 와르르 무너지자 실망감이 바율을 덮쳤다. 어머니를 가장 그리워하는 사람은 자신이 아니라 아버지이거늘, 어째서 이번에도 이리된 것인지 심란한 기분이 든다.

"서둘러 정령들을 정령왕으로 만드는 수밖에 없겠네요. 이제 겨우 상급 정령이 되었는데……."

얼마 전까지만 해도 '벌써' 상급이 되었다고 생각했었는데, 단박에 '겨우'가 되고 말았다.

한숨을 내쉬는 바율의 머리칼을 이베트가 다정하게 쓸어넘겼다. 오늘 처음 와 닿는 어머니의 손길은 아버지의 것과는 또 달랐다.

헤어지고 싶지 않았다. 하지만 바율은 본능적으로 알 수 있었다. 남은 시간이 얼마 없다는 것을.

"아버지께 전하실 말씀은 없으세요?"

"…많이 보고 싶다고. 많이 그리워하고 있다고. 대신 전해 주겠니?"

"네, 어머니. 꼭 말씀드릴게요."

어머니의 모습이 종이에 칠한 색이 바래지듯 차차 흐려졌다. 언젠가 다시 만날 수 있다는 걸 알고 있지만, 시간이 야속하게 느껴지는 건 어쩔 도리가 없었다.

"몸조심하거라. 설마 그들이 널 어쩌지는 않겠지만, 만일 그런 상황이 온다면 크루델리스 님에게 도움을 청하도록 해라. 그분이라면 반드시 도와주실 거야."

"그들이라니요? 아, 혹시 천족을 말씀하시는 겁니까?"

"벌써 천족을 만난 것이냐?"

바율의 질문에 되레 이베트가 몹시 놀라며 되물었다. 그러나 바율은 갑자기 귀가 윙윙거린 탓에 어머니의 말을 듣지 못했다.

"참, 바율! 네게 중요하게 할 말이 있다. 네 형 바일이⋯⋯."

"어머니⋯⋯!"

애타게 어머니를 불러 보았지만, 그녀의 모습은 더 이상 보이지 않았다.

"허억!"

별안간 눈앞이 선명해지며 바율은 한순간에 현실로 복귀했다. 새파란 하늘 위로 까마귀 떼가 무심하게 날아가고 있었다.

Chapter 6.
천족의 흔적

1.

"바율! 정신이 들어?"

파란 하늘과 날아가는 까마귀들 사이로 불쑥 일라이가 얼굴을 드밀었다.

"이거 몇 개야? 몇 개로 보여?"

손가락 두 개를 펴고 바율의 눈앞에다가 흔들어 대는 녀석의 눈은 걱정과 염려로 뒤섞여 있었다.

"라이……."

"어어, 말해."

"…어머니를 뵀어."

"뭐? 어머니라니……? 설마 정령계에 살아 계실 거라던

네 어머니를 말하는 거야?"

"응. 잠시 통로가 열렸거든⋯⋯."

바율은 바닥에서 일어날 생각도 않고 멍하니 하늘을 올려다보며 대답했다.

어머니를 만났다. 틀림없이 살아 계실 거라고, 정령계에서 분명 자신을 애타게 기다리고 계실 거라고 짐작하긴 했다. 하지만 그것을 실제로 확인한 지금은, 막연히 생각만 했던 그때의 심경과는 비교조차 할 수 없었다.

아직도 심장이 빠르게 쿵쿵 뛰었다. 흥분한 탓인지 온몸이 뜨겁다. 초가을 숲속인데도 땀이 날 만큼 더웠다.

"비라도 내렸으면 좋겠네."

바율은 의식의 흐름에 따라 홀로 작게 중얼거렸다.

타닥! 타다다닥!

갑자기 하늘에서 차가운 비가 쏟아진 것은 그때였다. 가랑비로 시작해서는 어느덧 소나기가 되어 지상을 향해 세차게 내리꽂혔다. 덕분에 열기로 뜨거워진 바율의 체온이 서서히 정상 수치로 내려갔다.

"바율, 너⋯⋯!"

일라이는 맨몸으로 비 맞는 것을 세상에서 두 번째쯤으로 싫어했다. 그런 녀석이, 얼마나 놀랐는지 쉴드 마법조차 치지 못하고 두 눈을 동그랗게 뜬 채 바율을 내려다봤다.

바율은 그저 희망 사항을 가볍게 읊조렸을 뿐이다. 그런데 정말 녀석의 말대로 금방 비가 내렸다. 만약 일라이가 그 중얼거림을 듣지 못했더라면 뜬금없이 웬 비냐며 투덜거렸을 것이다.

하지만 지금 그들의 머리 위로 퍼붓는 이 비는 틀림없이 바율의 '뜻'이었다.

"새롭게 각성한 기분이 어때?"

좌측에서 마황의 목소리가 들렸다. 그의 존재는 진즉부터 느끼고 있었다. 물론 쓰러지기 전에 이미 그가 이곳에 도착해 있었지만, 그런 걸 말하는 게 아니었다.

바율은 잠깐 사이에 꼭 다른 사람이라도 된 것처럼 주위의 기척이 생생하게 전해졌다. 감각 기관이 전과는 비교할 수 없을 정도로 무척 예민해진 탓이다.

"언제까지 그러고 있을 참이지?"

바율이 답은 않고 고개만 까닥 움직이자 크루델리스가 눈썹을 한 번 위로 들었다 내리며 눈인사를 건넸다. 마치 돌아와서 반갑다고 말하는 것 같았다.

그분이라면 반드시 도와주실 거야.

위험한 상황에 처하면 마황인 그에게 도움을 청하라던

어머니의 말씀이 문득 떠올랐다. 그러고 보면 가끔 이해하지 못할 소리를 해서 그렇지, 그는 처음 본 날부터 지금까지 자신에게 많은 도움을 주었다.

그런 그가 어머니의 신뢰를 듬뿍 받고 있었다니 새삼스레 다시 보인다. 왠지 더 정이 간다고 해야 할까?

자신을 향한 그의 배려가 전부 전대 물의 정령왕인 다프네그란데 때문이라는 걸 알고 있지만, 이제는 그래도 별로 상관없다는 생각이 들었다. 어쨌거나 그가 꽤 괜찮은 마족이라는 건 변함없는 사실이니까.

"왜 그런 그윽한 눈빛으로 날 쳐다보실까? 뭔가 원하는 것이라도 있나?"

"있다면 어떻게 하실 건가요?"

"거래란 자고로 신중해야 하는 법. 일단 들어 보고, 내 기분에 따라 결정하도록 하지."

"크리스 씨 기분이라면 이미 좋아지지 않았나요?"

"내가? 왜?"

"비, 좋아하셨잖아요. 지금처럼 거칠게 쏟아지는 비를 특히."

바율이 툭 던지듯 뱉어 낸 한 마디에 마황의 표정이 딱딱하게 굳었다. 그는 자신이 지금 무슨 말을 들었는지 이해할 시간이 필요해 보였다.

"…너!"

그러던 마황이 한순간에 바율 앞으로 다가와 섰다.

"네가 그걸 어떻게……!"

"그건 저도 모르겠어요. 그냥 기억이 났습니다."

바율은 서서히 몸을 일으켰다. 가슴의 통증은 이미 사라진 지 오래였다. 몸도 이전보다 한결 가벼워진 느낌이었고, 무엇보다 내부에서 꿈틀거리는 기운이 당장이라도 폭발할 것처럼 혈기 왕성했다.

누군가에 의해서 정령석이 깨어졌는데, 그게 오히려 정령왕의 기운을 각성하는 계기가 되었다.

사실 놀라울 일이 아니었다. 이 모든 게 전대 정령왕들의 안배였으니.

정령석에는 애초에 두 가지 역할이 주어져 있었다. 지금처럼 각성의 재료가 되는 것이 첫 번째였고, 두 번째는 알고 있었다시피 인간계에 자연재해가 일어나는 것을 막는 것이었다.

그러나 정령들이 다 자라지도 못했을 때 정령석이 깨어진다면, 도리어 세상에 막대한 피해를 줄 수도 있었다.

해서 각성 재료의 조건을 시대 정령이 모두 상급 정령이 되었을 시기로 미리 정해 둔 것이다.

스피넬과 셰임이 정령석과 반응하여 중급 정령으로 올라

선 것은 우연의 일치였다. 그들은 제각각 전대 불의 정령왕과 땅의 정령왕이 만든 정령석을 얻었고, 바율이 그런 상태에서 기폭제가 된 셈이다. 둘에게만 각각 귀와 이마에 보석이 생겨난 것도 그 때문이었다.

"그거 혹시, 너도 기억의 조각 같은 걸 얻은 건가?"

온몸이 비에 쫄딱 젖은 채 일라이가 물었다. 물론 그럼에도 불구하고 녀석은 여전히 눈을 뗄 수 없을 정도로 아름다운 미모를 자랑했다. 젖은 머리칼이 오히려 그의 잘난 얼굴을 돋보이게 하는 것 같기도 했다.

"또, 또 기억나는 건 없어?"

바율이 뭐라 답하기도 전에 마황이 성마르게 다그쳤다. 굳이 그를 애태우고 싶지 않아서 바율은 얼른 대꾸했다.

"네, 없어요. 그리고 더 기억나는 게 있다면 꼭 말씀드릴 테니 걱정하지 마세요."

"…갑자기 왜 이렇게 다정하게 굴지? 수상하게."

"그래서, 싫으신가요? 냉정한 걸 원하신다면 맞춰 드릴 수 있습니다."

"아니, 뭘 얼마나 잘해 줬다고 금세 태세 전환이야? 각성하더니 성격이 좀 변한 것 같은데?"

마황이 마음에 안 든다는 듯 인상을 찌푸리며 뒤로 한 걸음 물러났다.

바율은 피식거리며 자신이 기절하기 전까지 여기에 있었던 또 다른 존재, 데스를 찾았다.

"그보다 데스는요?"

"몰라. 너 혼절하자마자 부리나케 사라졌어."

"혹시 천족을 쫓아간 건가요?"

마나 게이트도 그들의 짓이니, 정령석을 부순 것도 그들일 수 있었다. 바율이 묻자 크루델리스가 그렇다며 고개를 끄덕거렸다.

"네가 쓰러지는 순간 천기가 느껴졌다. 데스가 바로 쫓아갔으니 어쩌면 기대해 봐도 좋을 듯하군."

아직까지 별다른 소식이 없는 걸 보면 놓쳤을 가능성이 크긴 했다. 하지만 녀석이라면 아무런 성과도 없이 돌아올 놈은 아니었다. 어디서 대차게 한판 하고 있을지도 모를 일이었다.

"정말로 모든 게 천족이 한 짓이라니. 와, 뒤통수 거하게 맞은 느낌이네."

대부분의 사람들처럼 천족에 대한 긍정적인 선입관을 가지고 있던 일라이는 배신감마저 차올랐다. 주신의 축복을 있는 대로 받고 자란다는 그들이 어떻게 이럴 수 있는지 절로 분노가 솟구쳤다.

"일부러 흔적을 남기고 간 이유가 무엇일까? 자신 있다는 표시인가?"

"글쎄…… 그랬다면 당당하게 나서지 않았을까? 매번 뒤에서 몰래 작업을 펼치는 걸 보면 자신감 때문은 아닌 것 같아."

"듣고 보니 그러네."

하는 짓이 꼭 얌생이 같았다. 자신 있다는 말은 천족을 너무 높게 평가한 것이라며 일라이가 손을 내저었다.

"……!"

그러던 녀석이 별안간 타락의 숲 입구를 향해 획 돌아섰다. 바율과 마황 역시 거의 비슷한 속도로 그곳을 보고 있었다.

"돌아오셨나 본데?"

"몇 달 만이지?"

잠시 잠깐 일라이의 신형이 옅게 흔들리는 것을 바율도 마황도 목격했다. 그러나 녀석은 어느새 아무렇지 않은 척 까칠하게 응수했다.

"그걸 내가 어떻게 알아? 오든지 말든지."

"굳이 정령들이 나서지 않아도 되겠군."

"그러게요."

바율이 정령석의 힘을 완전히 갈무리하고 새롭게 태어난 순간부터 사대 정령들은 호위를 풀고 저만치 물러나 있었다.

기분 탓인지 그런 녀석들의 태도는 어쩐지 전보다 조금 다소곳해진 느낌이었다. 왠지 함부로 다가오지 못하는 것 같다고 할까?

'훗.'

달라진 자신의 기운 때문인 듯한데, 과연 저런 모습들이 얼마나 갈까 싶어 바율은 픽 웃음이 비어져 나왔다. 물론 이노센트와 템페스타에 한해서였다.

"가 볼까요?"

바율이 멈췄던 시간은 그가 기절하면서 자연스레 함께 풀렸다. 마나 게이트를 파괴했기에 더 이상의 몬스터 공급은 없었지만, 숲 입구에선 여전히 치열한 전투가 벌어지고 있었다.

잉그리드와 카셀의 선방으로 다행히 큰 피해 없이 잘 막아 내고는 있었으나, 워낙에 몬스터의 수가 많은 데다 정령들의 부재로 인해 제법 긴 시간이 걸릴 예정이었다.

그러나 캐링스턴 아카데미의 이사장이자 대마법사인 라예가르가 등장한 순간, 그 예정되었던 시간은 반의반으로 단축되었다.

아카데미에 위급한 일이 닥치면 어김없이 나타나 해결해 주고 홀연히 사라진다고 해서 '바람의 신사'라고도 불렸다.

라예가르가 그 별명에 걸맞게 창공을 날며 몬스터들을 향해 고급 마법을 난사했다. 그런 그에게선 은근한 피어가 올라왔기에 놈들은 공포에 질린 채 도망갈 생각도 하지 못했다.

"꾸에에엑!"

"꺄룩!"

죽어 가는 몬스터들의 비명이 일대를 수놓았다. 기실 라예가르는 상당히 자제하는 중이었지만, 그의 진짜 정체는 드래곤이었다. 심지어 그들의 사회를 이끄는 로드였다.

카셀과는 격부터가 달랐다. 이사장이 나타나기 전까지만 하더라도 그의 신위에 놀라 입을 다물지 못하던 사람들이, 이제는 아예 넋을 놓고 있었다.

분명 피와 살점이 튀기고 괴성이 난무하는 전장이거늘, 한 편의 아름다운 연극이라도 감상하는 기분이었다.

주인공은 당연히 라예가르였고, 내용은 금발의 잘생긴 대마법사가 흉포한 몬스터들에게서 약한 이들을 지켜 주는 것 정도면 될 듯했다.

"아주 신이 나셨구먼."

일라이가 타락의 숲을 빠져나오며 혀를 끌끌 찼다.

"자기 정체를 알리려고 기를 쓰는 것 같지 않냐?"

녀석은 뭐가 그렇게 못마땅한지 오랜만에 만나는 양부를

보고도 눈살만 찌푸렸다.

"말은 똑바로 해야지. 저건 저자 기준으로 따지면 그냥 놀아 주는 수준이야."

"그래, 라이. 내 눈에도 멋있기만 하신데?"

"저게? 저게 멋있다고?"

일라이는 그것만은 도저히 인정할 수 없다는 듯 격하게 부정했다.

"저 사람이…… 맞아?"

그때 어느 틈엔가 카셀이 다가와 다급하게 물었다. 그는 어째선지 싸움도 멈춘 채 한 곳만 노려보고 있었다.

"예? 맞냐고요? 이사장님 말씀인가요?"

그의 시선이 향한 끝엔 엄청난 전격 마법을 퍼붓고 있는 라예가르의 모습이 있었다.

"절대 나와 같은 대마법사일 리가 없어."

다른 사람들은 몰라도 카셀은 안다. 저건 인간이 구현할 수 있는 마법의 수준이 아니었다.

"아, 그래요? 저 정도면 평소보다 대강대강 놀아 주고 있는 건데, 제대로 실력 발휘라도 하면 아주 까무러치시겠 습니까?"

구시렁거리며 타박할 때는 언제고, 일라이가 카셀을 보 며 짐짓 거만을 떨었다. 조금 전에도 느낀 거지만, 녀석은 자신의 양부를 비웃는 것 같으면서도 이따금 묘하게 자부심 섞인 발언을 내뱉었다.

반가우면서도 티 내지 않는 마음 역시 비슷한 맥락일 것이다.

'대체 언제쯤 솔직해지려는지.'

실룩이는 입가를 들키지 않으려고 바율은 부러 일라이에게서 등을 돌렸다. 그런 그의 시야에 다소 정신이 나간 듯한 어조로 연신 '말도 안 돼'를 부르짖고 있는 카셀이 들어왔다.

'인격에 장애가 있어도 놀라긴 하는구나.'

생소한 모습이, 생각보다 꽤 볼만했다.

2.

라예가르의 활약으로 몬스터 난입은 깔끔하게 정리되었다. 셰임이 뒤처리에 나서 준 덕에 타락의 숲은 물론이고, 아카데미 내부 또한 조금 전까지 전투가 벌어졌던 곳이라고는 믿기지 않을 만큼 깨끗해졌다.

그러나 그건 외견상 보이는 모습일 뿐, 금번 사태로 학생들과 교수를 비롯해 아카데미에서 일하는 많은 종사자가 상당한 정신적 충격을 받았다.

안전할 거라 믿었던 장소에서 난데없이 몬스터 군단의 습격을 받았으니 무리도 아니었다. 사망자가 없다는 것이 그나마 다행이라면 다행이었다.

아직 집계가 나오지 않아 얼마나 부상당했는지 정확히 알 수는 없지만, 확실히 지진이 발생했을 때보다 훨씬 많은 사람이 다쳤다.

바율이 신전에 치료실이 부족하다는 것을 알고 나무와 흙, 돌 등을 이용해서 간이 건물을 만들어 주었길 망정이지, 하마터면 부상자들을 맨바닥에서 재울 뻔했다.

당연히 아카데미는 당분간 휴교를 선언했고, 신전에서는 사제들뿐 아니라 신학부생들까지 모두 동원되어 부상자들을 치료하는 것에 온 전념을 쏟았다.

하지만 진짜 문제는 이제부터였다.

캐링스턴 아카데미가 200년 전통을 자랑하는 제국 최고의 명문이라고는 하나, 작년부터 크고 작은 사고가 끊임없이 일어나고 있었다.

황태자 암살 시도 사건부터 해서, 무려 청부 살인과 폭행죄로 자레드가 감옥에 갇혔고, 바율의 빠른 대처로 유야무야 넘어가긴 했지만 지진도 발생했었으며, 급기야 오늘은 몬스터 떼가 쳐들어왔다.

이런 아카데미에 대관절 어느 부모가 자식들을 안심하고 보낼 수 있겠는가?

이사장인 라예가르에게서 받은 거액의 자본금으로 아카데미 사업을 더욱 확장해 키울 생각이었던 라인하르트 총장의 계획은 이미 시작도 하기 전에 망할 조짐이었다.

"이사장님! 이제 저희 정말 어떡합니까? 이러다 폭삭 망하게 생겼다고요!"

총장은 한시도 가만히 서 있질 못했다. 늘 라예가르 앞에선 기를 못 펴던 그가 완전히 흥분해서는 이사장실 안을 정신없이 서성거렸다.

실내엔 그들 둘만 있는 것도 아니었는데, 그는 체통을 지킬 생각 같은 건 전혀 없어 보였다.

"그러지 말고 좀 앉지?"

"제가 지금 속 편하게 그럴 때입니까? 캐링스턴 아카데미의 명운이 달려 있단 말입니다!"

"속 편하게? 그 말은 나와 여기 내 아들, 그리고 이 녀석들 전부 속이 편하다는 얘긴가? 살짝 기분이 상하려고 하는데?"

라예가르의 아름다운 황금색 눈동자에 서서히 노기가 어렸다. 그는 참을성이 많은 편이 아니었다.

점점 차갑게 굳어 가는 그의 표정을 보고 총장은 저도 모르게 꿀꺽 침을 삼켰다. 이상하게도 저 눈빛만 마주하면 오금이 저려서 맥을 못 추게 된다.

"…죄송합니다. 제가 딱히 그런 뜻으로 말씀드린 것은 아니었는데……."

"근데?"

"몬스터 때문에 너무 놀라서 그만……."

"그래서 내가 그놈들 다 없애 줬잖아. 그럼 된 거 아니야? 다시는 못 오게 결계도 빵빵하게 걸어 놨다니까? 다들 나보고 멋지다고 난리였었는데, 설마 못 본 거야?"

천족이 설치했다는 마나 게이트에 대해선 라예가르도 조금 전 전해 들었다. 그러나 아무것도 모르는 이 순진한 총장에게 그걸 곧이곧대로 전부 말할 수는 없었다.

"이사장님, 그것만으로는 절대 해결할 수 없습니다. 이미 한 번 뚫렸는데 또 그런 일이 생기지 말란 보장이 없질 않습니까? 불안에 떨고 있는 학부모들을 설득하기에는 턱없이 명목이 부족합니다."

흥분을 조금 가라앉히긴 했지만, 라인하르트 총장의 얼굴은 여전히 붉게 상기되어 있었다. 이러다가 졸지에 백수 신세가 되는 것은 아닌지 초조했다.

"뭔가 해법을 찾아야 합니다. 이 상황을 단박에 역전시킬 수 있는 그런!"

하지만 머릿속을 암만 굴려도 묘수가 떠오르지 않았다. 사실 이 정도로 사건을 마무리한 것도 대단한 능력이거늘, 총장은 당장 눈앞에 닥친 캄캄한 현실에 거기까진 생각도 못 하는 것 같았다.

"만월 기사단은 어떠십니까?"

그때 잠자코 있던 바율이 조심스럽게 끼어들었다.

"만월 기사단이라면…… 란데르트 공작 전하께 도움을 요청하겠다는 것이냐? 아니, 것입니까?"

총장은 손으로 자신의 입술을 찰싹 때리고는 바로 말을 고쳤다. 그에게 바율은 이제 평범한 아카데미 학생이 아니라 황제의 명을 수행하는 특무 대신에 더 가까웠다.

"말씀 편하게 하십시오. 저도 이곳에선 그저 학생일 뿐입니다."

"아니요! 그럴 순 없습니다! 어찌 감히 황제 폐하께 직접 작위를 하사받은 분께 그런 불경을 저지를 수 있답니까? 하나도 불편하지 않습니다!"

총장의 강경한 외침에 바율은 잠시 곤란한 표정을 지었지만, 이내 체념하고 자신의 생각을 얘기했다.

"만월 기사단이 얼마간 아카데미를 지켜 주겠다고 나서면 부모님들뿐 아니라 재학생들의 불안함도 많이 덜 수 있을 겁니다. 마침 가을 축제 때엔 아버지께서 방문하실 예정이기도 하고요."

"오오! 공작 전하께서 친히 이 누추한 곳을 또 오신다는 말씀입니까?"

"여기가 누추해? 어디가?"

총장의 단어 선택에 라예가르가 눈썹을 까딱이며 유감을 표하자 일라이가 옆에서 깊은 한숨을 내쉬었다.

"저건 그냥 예의상 하는 말이지. 피곤하게 뭘 그렇게 따지고 들어?"

"아, 그런 거였어?"

한심하다는 듯 저를 향해 눈을 흘기는 일라이를 보며 라예가르가 씨익 미소를 흘렸다.

"워낙 바쁘신 분이라서 아버지께서 오래 머무르시진 않겠지만, 몬스터 사건을 잊는 데에는 아마 큰 도움이 될 겁니다. 제국의 살아 있는 전설이라고 불리는 분이니까요."

"아무렴요! 그렇다마다요! 세상 어느 누가 란데르트 공작 전하가 계신데 불안에 떨겠습니까? 저는 드래곤이 덤벼도 무섭지 않을 자신 있습니다!"

"정말? 그래도 드래곤인데?"

"어휴, 어디 감히 그런 도마뱀 따위가 란데르트 공작 전하께 상대가 되겠습니까? 전 드래곤 열 마리와 싸워도 공작 전하께서 이길 거라고 확신합니다!"

"그렇단 말이지…… 호오, 이거 한번 붙어 봐야 하나?"

라예가르의 음성은 제법 컸지만, 다행히 총장은 란데르트 공작에게 정신이 팔려 전혀 듣지 못했다. 설령 들었다 해도 라예가르의 정체가 드래곤일 거라곤 상상조차 하지 못할 터였다.

"아하하! 만월 기사단과 란데르트 공작 전하라니! 저는 얼른 가서 이 소식을 전해야겠습니다. 그래야 그분들이 오셨을 때를 대비해 놓고, 휴교를 하루라도 빨리 끝낼 수 있지 않겠습니까?"

"저도 바로 아버지께 연락을 넣도록 하겠습니다."

바율이 빠르게 확답하자 라인하르트 총장의 입술이 아주 귀에 걸렸다. 엄청난 위기가 닥쳤는데, 그 상황을 이토록 쉽게 극복해 내었다는 게 믿기지가 않았다.

"그럼 이제 볼일 다 마친 거지?"

"네, 전 후딱 가 보겠습니다!"

이사장실에 들어설 때와는 천지 차이의 얼굴을 하고는 총장이 쏜살같이 사라졌다. 라예가르가 그를 본 이래로 가장 빠른 움직임이었다.

"그래, 데스가 천족을 쫓아갔다고?"

라예가르는 총장이 나가자마자 바율에게 물었다. 이번 일에 천족이 개입했다는 것에 심각성을 느꼈는지, 그의 표정은 완전히 달라져 있었다.

"정령석이 깨지는 순간 천기를 느꼈다고 하더군요. 천족은 절 공격하려 한 것이지만, 도리어 전 그 덕분에 각성도 하고, 어머니도 뵈었습니다."

"어머니?"

"바율, 그게 진짜야?"

놀라는 친구들에게 바율은 목에 걸고 있는 펜던트를 소중하게 쥔 채 어머니와의 만남에 대해 짤막하게 털어놓았다.

"…이 펜던트에 또 다른 장치가 숨겨져 있다던 말씀, 기억합니다. 그때 이사장님께선 이미 알고 계셨던 거죠? 펜던트가 인간계와 정령계를 잇는 통로라는 것을."

"뭐, 살짝 짐작은 했지."

"우아! 그 펜던트가 그런 물건이었다니, 되게 신기하다! 역시 태고의 신물답네."

"어머니께선 어떻게 지내고 계신대? 무사히 계신 건 맞지?"

이베트에 대한 이야기는 친구들에게도 몹시 반가운 소식이었다. 그녀가 정말로 살아 있다는 사실에 녀석들은 마치 자기 일처럼 기뻐했다.

"응. 어머니는 잘 지내시는 것 같았어. 아, 그리고 내가 어떻게 사대 원소의 기운을 모두 갖게 되었는지에 대해서도 말씀해 주셨어."

바율이 지난날 전대 정령왕들의 수하들에게 일어났던 비사를 꺼내자 이번에는 의외로 퀸이 가장 흥분했다.

"과연 그랬구나! 그런데 상급 정령의 몸으로 사대 정령왕의 기운을 전부 담아내시다니. 그로 인해 긴 시간 잠들어 계셨던 걸 아무리 감안해도, 바율 네 어머니께선 정녕 엄청난 분이신 것 같아."

"그러니까 바율 같은 아들도 낳으신 거겠지."

"좋았겠다. 정령계가 얼른 복원돼서 어머니를 자주 뵐 수 있는 날이 빨리 오길 바랄게."

"응, 다들 고마워."

천족의 소행을 잠시나마 잊은 채, 훈훈한 담화가 이어졌다. 일라이가 바율이 비가 내렸으면 좋겠다고 중얼거리자 곧바로 비가 내렸다고 말하는 부분에선 그 정도일 줄은 몰랐다며 라예가르까지 적지 않게 놀란 기색을 보였다.

똑똑.

누군가 이사장실을 찾아온 것은 그때였다. 문이 열리고 안으로 들어선 자는 뜻밖에도 바그너 사제였다.

"바그너 사제님께선 여긴 무슨 일로……?"

지금쯤 신전에서 한창 바쁜 시간을 보내고 계셔야 할

분이 뜬금없이 이곳엔 왜 오신 것인지 다들 의아하기만 했다.

"편하게 말씀하십시오. 친구들도, 이사장님께서도 대충은 다 알고 계십니다."

막상 찾아와 놓고 라예가르의 눈치를 보느라 바그너 사제는 쉬이 입을 열지 못했다. 바율은 본능적으로 자신과 관련이 있음을 알아채고 자리에서 일어나 그에게로 다가갔다. 그러자 구세주라도 만난 양 바그너 사제가 반색하며 간곡한 어조로 부탁했다.

"바율 님께 염치 불고하고 도움을 청하러 왔습니다."

"도움이요? 어떤 도움을 말씀하시는 거죠?"

"리타 양이 필요합니다."

"…예?"

"무리한 부탁이라는 거 잘 압니다. 하지만 지금 신전 상황이 무척이나 급박합니다. 이러다가 누구 하나라도 귀한 목숨을 잃을까 너무나 두렵습니다."

바그너 사제의 안색은 창백하다 못해 파리했다. 한 사람이라도 치료를 서둘러야 할 시기에 이렇듯 바율을 만나러 왔다는 건, 그만큼 설박하다는 뜻이리라.

"바그너 사제님도 아시다시피 리타는 본인의 능력에 대해 전혀 알지 못합니다."

"네, 알고 있습니다. 그래서 저도 고심했지만, 무지한 저로서는 현재 리타 양밖에는 답이 없다고 여겨집니다. 어떻게, 정녕 안 되겠습니까?"

바그너 사제는 가련할 정도로 바율에게 애원했다. 사람의 생명이 달린 일이었다. 그냥 모른 척하기엔 바율의 마음도 편치 않다.

"흐음. 알겠습니다."

고민 끝에 바율은 어쩔 수 없이 승낙했다.

"대신, 이번에도 리타는 아무것도 몰라야 합니다. 그 녀석은 자신의 능력을 아는 순간 당황해서 아무것도 못 할 게 분명하거든요."

실상은 말 한마디로 마계의 내로라하는 마족들을 들었다 놓았다 하는 권력자지만, 리타 자체는 바율을 잘 모시는 것만이 인생의 최대 목표인 나름대로 평범한 소녀였다. 바율은 되도록 그녀가 원하는 대로 살게 해 주고 싶었다.

"이렇게 하죠. 나단을 치료했던 때처럼 신전으로 데려가서 기도를 올리도록 하겠습니다. 오늘 있었던 일에 대해 설명하면 아마 알아서 기도를 올리자고 할 거예요. 측은지심이 많은 아이라."

"아이고, 감사합니다! 그렇게만 해 주신다면야 더 바랄 게 없습니다!"

"혹시나 해서 미리 말씀드리는데, 벽화 같은 건 다시는 그리시면 안 됩니다. 약속하십시오."

"물론입니다! 다시는 그러지 않겠습니다!"

"알겠습니다. 급하신 것 같으니 우선 리타부터 데려와야겠네요."

그로부터 대략 한 시간여 후.

바율은 약속대로 리타와 함께 절망의 신전을 찾았다.

아카데미에 사고가 터졌다는 것을 뒤늦게 알고 깜짝 놀란 그녀는 신전에 일손이 부족하다는 말을 듣고 바율이 뭐라 말하기도 전에 얼른 가자며 재촉했다.

그리고 신음하며 아파하는 부상자들을 보고는 눈물을 찔끔거리더니, 야무진 손길로 사제들을 돕기 시작했다.

놀라운 일이 벌어지기 시작한 것은 그쯤이었다.

리타가 향하고 움직이는 곳마다 기적이 일어났다. 눈을 감고 손을 모은 채 기도를 하는 것도 아닌데, 환자들의 상처가 급속도로 빠르게 아물었다. 부러진 뼈가 성수도 없이 철썩 붙는가 하면, 정신을 잃고 있었던 자들이 깨어나기도 했다.

'이늘이 더 이상 아프지 않게 노와주세요.'

리타는 그저 속으로 그렇게만 외쳤을 뿐이지만, 그녀가 지닌 절망의 신과의 친화력은 생각보다 훨씬 대단했다.

안 그래도 리타의 음식을 향한 데스의 집착이 마황이 온 이후로 더 심해졌다고 느끼긴 했지만, 이 정도일 줄이야.

멍하니 리타의 모습을 지켜보던 바율과 친구들은 자신들도 모르게 고개를 설레설레 내저었다.

이 황당하고도 어이없는 사태의 끝이 과연 어떻게 마무리가 될 것인지 새삼 궁금해지는 순간이었다.

Chapter 7.
미친놈다운

1.

아카데미 내에서 벌어진 일이라지만, 워낙에 큰 사건인 만큼 몬스터 난입에 관한 소식은 일파만파로 번졌다. 예상했던 대로 놀란 학부형들이 아카데미로 쳐들어와 노발대발 항의를 하는 통에 한동안 교내가 다른 의미로 시끌벅적했다.

하지만 며칠 후 만월 기사단이 등장함으로써 그런 항의는 눈에 띄게 줄어들었다. 200년 전통이고 나발이고 당장 문을 닫으라는 둥 삿대질을 해 가며 난리를 피우던 무리들이 만월 기사단의 표식을 보고는 슬금슬금 눈치를 보기 시작한 것이다.

대마법사가 둘이나 상주하고 있고, 타락의 숲에도 전보다 더욱 꼼꼼하게 결계를 쳤다는 말에도 꿈쩍 않던 그들이었다.

한데 헤이즈가 이끌고 온 만월 기사단에는 불평 한마디를 털어놓지 못했다.

그러던 그들이 태도를 완전히 싹 바꾼 것은 곧 란데르트 공작도 합류할 거란 얘기를 듣고 나서였다.

란데르트 공작이 누구인가?

제국의 살아 있는 전설로 불리는 그는 대륙에서 가장 용맹하고 강인한 사내였다. 기사단 열이 덤벼도 그 한 명을 감당하지 못한다는 최강의 검사.

그가 함께하는 한 몬스터 따위는 두려움의 대상이 될 수 없었다.

뿐인가. 축제에 참석하면 공작을 직접 만날 수 있는 영광까지 누릴 수 있었다.

라인하르트 총장이 얼마나 열심히 광고를 하고 다녔는지, 상황은 며칠 만에 싱거울 정도로 쉽게 종료되었다. 덕분에 장기간 지속될 줄 알았던 휴교령도 금방 풀렸고, 아카데미는 금세 평상시 모습으로 되돌아갔다.

다만 충격을 받은 학생들과 교수, 직원들을 위한 심리 치료가 매일 오후, 저녁 식사가 끝난 뒤 신전에서 진행되었다.

올여름, 신탁이 내려진 후 신도 수가 기하급수적으로 불어난 절망의 신전은 이번에 기적에 가까운 치료 능력을 보여 줌으로써 또 한 번 많은 이들의 입에 오르내렸다.

그것은 전부 리타 덕이었지만, 절대 발설하지 않기로 약속했기에 오롯이 신전과 사제들의 덕망으로만 평가되었다.

"역시 제 기도를 들어줬을 때부터 알아봤다니까요. 전쟁의 신보다 여기 신이 조금 더 나은 것 같아요."

바율에게 소곤거리는 리타의 말을 듣고 뒷목을 잡은 이들이 한둘이 아니었다는 건 그저 비사로만 남을 것이다. 어쨌든 의도치 않게 절망의 신전의 명성은 다시 한번 드높아졌다.

후일담을 고백하자면, 이 일은 랑트에 절망의 신전이 지어지는 계기가 되었다고 한다. 마황에게는 참으로 애석한 일이었다.

한 가지 더, 금번 사건으로 인해 뜻밖에 화제의 중심에 서게 된 인물이 있었으니. 당사자는 놀랍게도 올해 아카데미에 입학한 로건의 동생, 라피트였다.

기이한 행각을 일삼는 통에 학기 초부터 '또라이'로 분류되어 아이들의 기피 대상 1호였던 그가, 전교생이 보는 앞에서 표창장을 받게 된 것이다.

몬스터의 침입이 있던 날, 교수와 학생들을 먼저 피신시키고 오크와 맞서 싸워 이겨 낸 녀석의 공로를 치하하는 상이었다.

활약한 것으로 따지면 바율이나 퀸과 에이단 등이 훨씬 대단했지만, 이제 갓 1학년생인 그가 위험천만한 상황에서도 침착하게 대응한 것이 당시 같이 있던 교수와 학생들에게 깊게 각인이 된 모양이었다.

그들의 열띤 칭찬 덕에 라피트의 선행이 총장을 비롯한 교수들과 학생들에게 알려졌고, 그 같은 일은 널리 알려야 한다며 지금과 같은 사태까지 이른 것이다.

지난 몇 달간을 꼴통 취급을 받아 왔기 때문인지, 녀석의 행동이 더욱 부각이 된 것도 사실이었다.

"상장! 기사학부 1학년 라피트 드 세이모어 외 2명. 위 세 사람은 목숨이 경각에 달린 상황에서도 자신보다 학우들을 먼저 생각하는 희생정신을 발휘하며 타의 모범이 되었기에 이 상장을 수여함. 캐링스턴 아카데미 총장 라인하르트."

천장이 반구 형태로 지어진 강당의 단상 위에서 라피트

가 보무당당하게 상장을 손에 쥔 채 씨익 웃었다. 그런 녀석의 시선은 바율과 친구들이 있는, 정확히는 그들 옆의 라나사를 향해 있었다.

"저 자식, 어지간히도 좋은가 본데?"

"라나사한테 자랑하고 싶어서 입이 근질근질한가 보다."

"은근 귀여운 구석이 있다니까."

"라나사, 이따 보면 칭찬 한마디쯤 해 줘라."

"내가 왜?"

친구들이 나름 대견한 기색으로 라피트를 보는 것과 별개로 라나사는 표정의 변화가 전혀 없었다. 왜냐고 묻는 그녀의 음성은 겨울철 북부에서 불어오는 바람처럼 냉기가 가득했다.

"넌 녀석이 가상하지도 않냐? 마음을 받아 줄 순 없어도, 잘했다는 말 정도는 해 줄 수 있잖아. 실제로 잘하기도 했고."

"난 괜한 기대는 주고 싶지 않아."

쓸데없는 오해는 사절이었다. 라피트가 기특한 일을 한 것은 맞지만, 공연히 말을 꺼냈다가 희망을 품기라도 하면 곤란한 건 라나사였다. 지금도 충분하다 못해 넘쳤다. 이 이상 귀찮아지는 건 사양이었다.

"그건 라나사 말이 옳아."

"로건?"

"그랬다간 저 녀석이 착각하기 십상이지. 라나사, 앞으로도 여지 같은 건 주지 마."

"와, 넌 형이라는 놈이 동생의 연애 사업을 지지하지는 못할망정 깽판을 놓냐?"

라나사만큼이나 찬 기운이 뚝뚝 떨어지는 로건의 말투에 에이단이 인상을 찌푸리자, 로건이 반박했다.

"이게 녀석을 위하는 길이야. 애초에 안 될 거면 빨리 포기해야지."

"왜 안 될 거라고만 생각하는데?"

"뭐?"

"라나사가 마음이 변할 수도 있잖아. 사람 마음은 장담하는 거 아니라고 했어."

에이단이 어디서 주워들은 말을 내뱉자 라나사의 고운 이마에 파란 핏대가 솟았다.

"내 마음은 내가 제일 잘 알거든? 그러니까 관심 좀 꺼줄래? 오지랖을 부리고 싶으면 딴 데 가서 부리든가. 난 사양할게."

진심으로 짜증 난다는 듯, 라나사의 보라색 눈동자가 에이단을 노려보며 날카롭게 반짝였다. 더 이야기했다가는 주먹이라도 날아올 기세였다.

"…알았어. 내가 과했다. 미안해."

속은 여전히 칭찬 좀 해 주면 어디가 덧나느냐고 쏘아붙이고 싶었지만, 그건 라사나의 말처럼 오지랖이었다. 당사자인 그녀가 싫다는데 자신이 나서는 것은 경우가 아니었다.

에이단이 깔끔하게 사과하자 라나사가 알면 되었다는 듯 차갑게 일별하고는 고개를 팩 돌렸다.

"이상 조례를 마친다."

총장의 간단한 훈화를 마지막으로 드디어 조례 시간이 끝났다. 지루함에 몸부림을 치던 아이들이 약속이라도 한 듯 재빨리 강당을 벗어나기 시작했다.

바율과 친구들도 1교시 수업 준비를 위해 이동하려는데, 어디선가 갑자기 슈빅이 툭 튀어나왔다.

"어이, 테이밍 전사!"

"그 낯간지러운 단어 좀 사용 안 할 수 없냐?"

잉그리드의 정체가 드러났던 날, 에이단의 숨겨진 능력 또한 전부 까발려졌다. 하필이면 그게 슈빅의 앞이었으니 발뺌은 꿈도 못 꿨다. 역시나 에이단에 관한 소문은 삽시간에 퍼졌고, 녀석을 보는 아이들의 눈빛은 상당히 달라졌다.

"듣다 보면 익숙해질 거라니까? 내가 손수 붙여 준 별명인데, 왜 자꾸 싫대?"

"네가 지어 준 거라서 더 싫어."

"헐, 이 자식이 친구의 정성을 너무 몰라 주네. 그간 비밀로 했던 죄도 싹 씻어 줬건만, 계속 이렇게 나오시겠다?"

"꼭 협박 조로 들린다?"

어째선지 의기양양한 슈빅의 태도에 에이단이 눈을 가느다랗게 뜨자 옆의 친구들도 궁금하다는 듯 슈빅을 쳐다보았다. 녀석이 이렇게 나올 땐 반드시 뭔가 큰 건수가 있다는 뜻이었다.

"오늘 아침에 내가 뭘 알았게?"

슈빅이 대뜸 허리를 숙이며 낮게 속삭였다.

"뜸 들이지 말고 얼른 불어."

"너희, 놀라지 마라."

녀석이 주변을 획획 돌아보더니 더욱 작아진 목소리로 말했다.

"카셀 교수님이 잘리셨대."

"…그래?"

바율과 친구들은 서로 눈길을 주고받았다. 이미 예측했던 일이기에 별로 놀랍지는 않지만, 그걸 슈빅 앞에서 티 낼 수는 없었다.

"총장님도 이사장님의 명을 거스를 순 없었겠지. 로티어스 교수님이 그렇게 반대하실 때는 콧방귀만 뀌시더니, 이사장님이 무섭긴 무서우신가 봐."

슈빅은 잠시 타락의 숲 입구에서 보았던 라예가르의 모습을 떠올렸다. 분명 한 폭의 명화처럼 아름다운 광경이었지만, 다른 한편으론 몬스터에게 가차 없이 마법을 난사하는 게, 좀 오싹한 기분이 들기도 했다.

"로티어스 교수님께서 카셀 교수님에 관해 이사장님께 무슨 말씀을 하신 거겠지? 라이, 넌 뭐 들은 거 없었어?"

일라이가 양부인 이사장과 사이가 그리 좋지 못하다는 건 슈빅도 아는 사실이지만, 궁금함을 참을 길이 없었다.

"없는데."

"진짜? 한 마디도?"

"응."

"하아, 이상해도 너무 이상하단 말이지. 카셀 교수님 덕분에 부상자도 많이 줄었고, 그만한 실력을 갖추신 분을 다시 영입하는 것도 꽤 어려울 텐데. 왜 자르신 걸까? 로티어스 교수님에게 대체 무슨 말씀을 어떻게 들으신 거냐고!"

아니.

로티어스 교수님이 아니라, 우리가 말한 건데?

라예가르에게 카셀과의 첫 만남에 대해 토로하며 그를 당장 내보내라고 한 것은 바율과 친구들이었다. 로티어스 교수님도 따로 말씀을 했는지 어쨌는지는 모르겠지만, 카셀이 쫓겨나는 데엔 확실히 그들의 입김이 작용했으리라.

그러나 그걸 슈빅에게 곧이곧대로 말할 수는 없는 노릇. 그들은 내심 놀란 척 연기하며 끝까지 모르쇠로 일관했다.

"근데 너희, 진짜 재밌는 게 뭔지 알아?"

돌연 슈빅의 눈빛이 기민하게 번뜩였다. 왠지 불길한 예감에 바율은 살짝 긴장했다.

"카셀 교수님이 글쎄……."

"아, 글쎄 뭐?"

슈빅이 부러 머뭇거린다는 것을 친구들은 알고 있었다. 기대감을 고조시키는 녀석의 버릇이었다.

"싫다고 하셨대."

"…싫다니? 뭐가?"

"뭐긴 뭐야. 아카데미를 관두시는 걸 말하는 거지."

"그러니까 네 말은…… 마법학부 교수를 계속하겠다고 그랬다는 거야?"

"어!"

녀석이 자신에게로 모이라는 양 손을 까딱이고는, 마치 엄청난 비밀을 누설이라도 하듯 나지막하게 얘기했다.

"완전 애원 조로 제발 자르지 말아 달라고 매달리셨다니까?"

"매달렸다고? 카셀, 그자가?"

"야, 라이. 넌 아무리 그래도 그렇지, 담당 교수님한테 그자가 뭐냐? 부임하신지는 얼마 안 됐지만, 좋은 일도 많이 하신 분인데."

카셀의 정체를 짐작조차 하지 못하는 슈빅은 일라이를 타박했다. 그러면서 이건 너무 불공평한 처사라며, 카셀 교수님이 계속 계셨으면 좋겠다는 본인의 바람을 연신 늘어놓았다.

하지만 바율과 친구들은 조금 전 카셀이 매달렸다는 발언 때문에 녀석의 말에 도무지 집중할 수가 없었다.

어디 그가 그럴 위인이던가?

라예가르의 등장에 다소 충격을 받은 것 같긴 했지만, 카셀은 평생을 제 잘난 맛에 멋대로 살아온 인간이었다. 누군가에게 매달린다는 건 상상도 할 수 없었다.

그러나 놀랍게도 슈빅의 말은 사실이었다.

바율과 친구들이 믿지 못하겠다는 듯한 표정을 짓고 있을 그 시각에도 카셀은 여전히 애걸복걸 중이었다.

"하라는 대로 다 하겠습니다. 돈도 필요 없습니다. 그냥 제발 여기 있게만 해 주십시오. 네?"

이전의 모습과는 달라도 너무 다른 모습이었다. 거만한 말투도, 선득한 눈빛도, 비틀린 심성도 전혀 느껴지지 않았다.

카셀은 정녕 자존심이라곤 조금도 찾아볼 수 없는 자세로 라예가르에게 매달리고 있었다. 한 손으로 턱을 괸 라예가르는 긴 다리를 꼬고 앉은 채 그런 그를 매우 성가시다는 듯 바라보고 있었다.

"제발 부탁드립니다."

간절한 음성이 사뭇 보기가 딱할 정도였다.

인격에 심각한 장애가 있는 미친놈이라고 하지 않았나?

비굴하기까지 한 자태가 아들과 녀석의 친구들에게 들었던 것과는 퍽 상반되었다. 며칠 전 로티어스 교수 역시 저를 찾아와서는 그의 인성을 들먹이며, 아이들을 가르치기엔 적합하지 않다는 권고까지 하고 갔다.

그런데 그리 악명 높은 이놈이, 갑자기 왜 이러는 것일까?

설마 내게 수작이라도 걸어 보려는 것인가?

딱히 그래 보이지는 않는데 말이지.

눈앞의 카셀은 어딘지 나사가 하나 빠져 보이는 게, 천재 마법사라기보다는 그저 얼빠진 인간으로만 비쳤다.

정신계 마법을 살짝 사용해서 적당히 돌려보낼까?

가뜩이나 요즘 드래곤 사회의 문제 때문에 머리가 아픈 라예가르였다. 하찮은 인간 따위에게까지 시간을 낭비할 여유가 없었다.

"진심입니다! 하라는 대로 뭐든 다 할 테니, 옆에만 있게 해 주십시오!"

"흐음."

장시간 말이 없던 라예가르에게서 고심의 침음이 새어 나오자, 카셀은 여느 때보다 빠르게 심장이 미친 듯이 뛰었다. 그에게서 어떤 대답이 나올지 몰라 머릿속이 아득해졌다.

남들은 모르지만, 지난 며칠 동안 카셀은 씻지도 먹지도 자지도 않고 멍하니 시간을 보냈다. 아무것도 할 수가 없었다. 눈을 뜨고 있어도, 감고 있어도 오로지 보이는 건 이사장이란 자가 창공에서 마법을 난사하는 장면뿐이었다.

카셀에겐 이제껏 살면서 보았던 모든 것을 통틀어서 가장 충격적인 광경이었다. 정령에게 가졌던 호기심과는 결 자체가 완전히 다른 문제였다.

그는 마법사다. 그것도 어려서부터 천재로 칭송받아 온, 제국에서 알아주는 대마법사.

그러나 라예가르에게 비한다면 이제 막 걸음마를 뗀 수준일 뿐이었다.

남들보다 뛰어난 머리를 지녔기에 카셀은 바로 알 수 있었다. 자신은 어떻게 해도, 무슨 수를 쓰더라도 이자를 넘어설 수 없었다.

누군가에게 이처럼 압도당한 것은 처음이었고, 기가 죽은 일 역시 처음이었다. 심지어 태어나 처음으로 자신이 아무짝에도 쓸모없는 존재라는 생각마저 들었다. 이사장과 자신을 비교하니, 한낱 미물이 된 기분이었다.

기분 더럽게.

그 대단하다는 란데르트 공작과의 첫 대면 때도 이런 감정을 느끼지는 않았다. 애초에 그는 마법사가 아닐뿐더러, 검을 들고 싸우는 모습을 본 적도 없었으니까.

설령 그런 모습을 보았다 하더라도, 단언하건대 지금과 같은 기분은 절대 느낄 수 없었으리라.

별안간 해고 통지가 전달된 것은 카셀이 그렇게 물에 빠진 사람처럼 무력감에 허우적거리고 있을 때였다.

그 순간, 그의 뇌수에서 번갯불이 튀는 듯했다.

바율의 친구이자 이사장의 아들인 일라이가 자신을 싫어한다는 것은 알고 있었다. 녀석은 적대감을 전혀 숨기는 타입이 아니었다.

하지만 설마 그 마음이 이런 식으로 발현될 거라고는 짐작조차 하지 못했다.

며칠을 탈력감에 멍멍하게만 있던 카셀이 부리나케 이사장실을 찾아온 것은 그래서였다.

이대로 물러설 수 없다.

어떡해서든 이자의 옆에 붙어 있어야 했다.

솔직히 카셀은 스스로도 저 자신이 진정 원하는 바가 무엇인지 아직 파악하지 못했다. 그저 지금은 본능에 그의 곁에서 떨어지면 안 된다는 경고등이 켜졌을 뿐이다.

한평생을 자신보다 나은 존재는 세상에 없을 거라 여기고 오만하게 살아온 그에게, 이사장의 등장은 그야말로 갑작스레 들이닥친 거대한 해일과도 같았다.

그가 자신을 내치지 않는다고 약속하면 당장 꿇어 엎드려 그의 발이라도 핥을 수 있었다. 그만큼 그는 절박했다.

"왜지?"

라예가르는 심상하게 물었다.

"애초에 불순한 목적으로 교수직을 허락했던 것 아닌가?"

"…부정하지 않겠습니다."

카셀은 인정했다. 자신을 들여다보는 상대의 황금색 눈동자는, 한 치의 거짓도 용납할 수 없다는 듯 형형하게 빛나고 있었다.

"그런데?"

어디 더 해 볼 테면 해 보라는 듯 라예가르가 여유롭게 턱짓했다.

"…잘 모르겠습니다."

"몰라?"

그건 또 무슨 해괴한 소리냐는 듯 미간을 오므리자, 카셀이 얼른 대꾸했다.

"그냥 지금은 이사장님을 곁에서 지켜보고 싶을 뿐입니다."

"아, 호기심의 대상이 바뀌었다?"

"그런 게 아닙니다! 정령에게 관심을 가졌던 것은 맞지만, 이건 완전히 다른 종류입니다. 같은 마법사로서…… 아니, 같다는 표현은 말도 안 되죠. 이사장님과 저는 비교가 불가능한 수준이니까요. 그러니까 그냥 전…… 살면서 그렇게 엄청난 마법은 처음이라서 많이 놀라고 혼란스러웠습니다."

"날 보면 누구나 할 법한 생각이지."

그게 뭐 대수냐는 듯 라예가르가 건들거리며 말했다. 그러자 카셀이 고개를 저으며 다소 격앙된 목소리로 외쳤다.

"단순히 그런 논리가 아닙니다! 제 심장이 엄청나게 뛰었단 말입니다! 이런 건 여태 한 번도 겪어 보지 못했다고요!"

"심장이 뛰어? 뭐야, 그럼 나한테 반하기라도 했단 말이야?"

"예?"

"인간들은 보통 그럴 때 심장이 뛴다고 하던데?"

"…그렇습니까?"

그런 쪽으로는 전혀 생각해 보지 못했기에, 카셀은 '인간'이라고 한정한 단어에 의아함을 느끼지도 못한 채 바보같이 되물었다.

비상한 두뇌로 대마법사가 되긴 했지만, 실상 마법도 그에겐 약간의 흥밋거리일 뿐이었다. 그랬던 그가 두 번째로 구미가 동했던 것이 정령이었고. 그때는 비틀린 소유욕마저 들었더랬다.

그런데 지금은 어떻지?

소유의 소 자도 감히 떠올리지 못했다. 이사장은 자신이 우러러봐야 할 존재였기에, 그런 불순한 마음을 품는 것 자체가 불경이었다.

그래.

자신은 상대에게 완벽히 홀렸다. 갖고 싶다는 욕심도 생기지 못한 걸 보면 저 스스로를 완벽히 놓은 채 오직 그만을 생각한 것이다.

갈망? 동경?

단 한 번도 입에 담아 본 적 없는 생경한 단어가 불쑥 튀어나왔다.

"뭐, 나한테 반한 인간도 한둘은 아니라서 말이지."

카셀은 생애 처음 겪는 격통에 동공이 흔들리고 있는데, 라예가르는 별일 축에도 못 낀다는 듯 손가락으로 톡톡 무릎을 내리쳤다.

"그런데 어찌한담. 내 아들이 무진장 싫어할 텐데."

라예가르는 당연하게도 카셀에게 조금의 흥미도 느끼지 못했다. 인간치고 봐줄 만한 외모에 마법 실력도 썩 뛰어나긴 했지만, 그게 전부였다. 필요하지 않으면 곁에 둘 이유가 전연 없었다.

"아드님의 뜻을 바꿔 놓겠습니다!"

그러니 제발 내치지만 말아 주십시오!

카셀은 행여 그런 말이 다시 나올까 무서워 다급히 목청을 높였다.

"그래? 어떻게?"

"그건…… 조만간 방법을 찾아내서……."

"안 통할 텐데. 내 아들은 자기 사람을 건드리는 걸 세상에서 가장 싫어하거든. 훗, 그런 건 날 닮긴 했지."

"…란데르트 백작을 말씀하시는 겁니까? 저는 이제 그쪽으로는 전혀 관심도 없습니다! 정령에게는 이미 흥미를 잃었습니다!"

"그걸 과연 녀석들이 믿어 줄지 심히 의심스럽군."

"뭐든! 시키시는 건 무엇이든 다 하겠습니다! 란데르트 백작 일도 제가 해결할 테니, 잠시만 시간을 주시면 안 되겠습니까?"

"꽤 끈질기네."

열성은 있는 듯하나 라예가르에겐 그저 한심해 보이기만 했다. 간절하게 애원하는 꼴이 마치 지금 당장 죽으라고 명해도 따를 것만 같은 분위기였다.

그래서 미친놈인 건가?

"흠."

나른한 신음과 함께 라예가르의 길쭉한 손이 매끈한 턱을 매만졌다. 무언가 고민할 때 나오는 그의 습관이었다.

"진짜 하라는 대로 전부 할 건가?"

"물론입니다!"

"내가 뭘 시킬 줄 알고?"

"상관없습니다."

라예가르를 똑바로 응시하는 카셀의 두 눈엔 비장한 각오가 서려 있었다.

"이래 봬도 내가 생긴 것과 다르게 무척 사악한 편이라서."

"편히 말씀해 주십시오."

"아버지란 사람이 황제의 장인이라지?"

"네, 맞습니다. 제 여동생이 황실로 시집을 갔습니다. 현재 황손을 잉태 중이고요."

"꽃길이 환하게 열렸구먼."

배경까지 훌륭하니 얼마나 콧대를 세우고 살아왔을지 눈앞에 아주 훤히 그려졌다. 그래선지 라예가르는 갑자기 장난기가 동했다.

"그거, 다 버릴 수 있겠어?"

"……?"

"역시 못하겠지? 그럼 됐어. 가 봐."

"아닙니다! 할 수 있습니다!"

카셀이 바로 대답하지 못한 까닭은 자신에게 버릴 게 뭐가 있나 생각할 시간이 필요했을 뿐, 갈등한 것이 아니었다.

가문 따위가 여기서 대체 무슨 소용이 있단 말인가?

지금의 카셀에게는 오로지 라예가르의 곁에 머물고 싶다는 욕망 하나뿐이었다. 그럴 수만 있다면 그의 발 닦개가 되어도 좋았다.

"오늘부로 저는 이사장님의 사람입니다. 마음껏 이용해 주십시오."

허허.

그냥 재미 삼아 던져 본 말인데 그걸 넙죽 받는다. 놈이 진심이라는 건 이미 명명백백한 태도가 말해 주고 있었다. 굳이 입 아프게 물을 필요도 없었다.

자신의 말 한마디에 저를 낳아 주고 키워 준 가문과 가족을 바로 등져 버리다니.

역시 미친놈다웠다.

2.

며칠이 흘렀다. 어느덧 2학기 중간고사가 코앞으로 다가왔다. 보통 이론 시험이 있기 전에 실기 평가가 선행되기에, 학부 특성상 행정학부를 제외한 기사학부와 마법학부, 신학부는 특히나 바쁜 나날을 보내는 시기였다.

에이단은 이번에야말로 꼭 단독 수석을 하겠다며 주먹까지 불끈 쥔 채 다짐했고, 그런 녀석을 로건과 라나사는 그저 무표정하게 바라보았다. 딱히 비웃는 것 같지는 않았지만, 그렇다고 호의가 느껴지지도 않았다.

굳이 따지면 어디 해 볼 테면 해 봐라.

뭐, 이런 느낌이랄까?

일라이는 실기 면에선 자신보다 완벽한 학생은 없을 거라며 이론에 치중했고, 바율과 퀴은 암기할 게 수두룩한 경제학과 법 과목에 많은 시간을 투자했다.

그러다 라나사가 헤이즈와 약속한 날이 왔다.

학생들을 보호하겠다는 명목하에 작년에 이어 만월 기사단을 이끌고 재차 아카데미를 방문한 헤이즈는, 얼마 전 실기 평가를 앞둔 라나사에게 손수 먼저 대련을 제안했다.

말이 대련이지, 그건 일종의 특혜였다. 이언의 언질이 한몫하긴 했지만, 헤이즈는 라나사가 자신을 특별하게 여긴다는 걸 이미 알고 있었다. 해서 아카데미를 방문한 김에 그녀의 검술을 직접 봐 주기로 한 것이다.

초가을, 해가 가장 쨍쨍한 점심나절.

바율과 친구들도 그 대련을 구경하고자 허겁지겁 식사를 마치고 연무장으로 모였다.

"헐, 라나사 표정 봐라. 그때, 베르가라에서 보고 이번이 두 번짼데 진짜 적응 안 된다."

헤이즈와 마주 선 채 수줍어하는 라나사의 모습은 친구들로 하여금 많은 생각을 들게 하였다.

"왜, 어때서. 붉어진 뺨이 귀여운 것 같기도 한데."

"…귀여워? 라나사가?"

바율의 말에 에이단이 부르르 몸서리를 쳤다. 그로서는 요만큼도 상상해 본 적 없기 때문이다.

"시작한다. 다들 조용."

라나사와 헤이즈의 대련은 친구들에게도 지대한 관심사였다. 당연히 헤이즈의 승리로 끝나겠지만, 라나사가 과연 어디까지 실력 발휘를 할지 그게 궁금했다.

"준비는 되었겠지?"

헤이즈가 라나사를 보며 다정하게 물었다.

"네!"

고개를 끄덕이며 당차게 답하는 라나사의 얼굴에선 더 이상 설렌 소녀의 기색을 찾을 수 없었다.

그녀에겐 언제 또 올지 모르는 소중한 기회였다.

"먼저 들어가겠습니다."

라나사가 검을 곧추세운 채 헤이즈를 향해 내달렸다.

"핫!"

라나사는 먼저 헤이즈의 오른쪽을 파고들었다. 그 속도와 솜씨가 어찌나 빠르고 정교한지 도저히 기사학부 2년생이라고는 믿기 힘들 정도였다.

하지만 상대는 당대 최고의 여검사, 헤이즈였다.

캉!

그녀는 누가 봐도 느릿하다 싶을 만큼 여유롭게 어깨를 틀어 라나사의 검을 막아 냈다. 그 후로도 라나사가 몇 번 더 집요하게 헤이즈의 사각을 비집고 들어갔지만, 그때마다 헤이즈는 아주 손쉽게 방어했다.

'역시 대단해!'

라나사는 낙심하기는커녕 오히려 감탄했다. 그들 사이에

는 어차피 어마어마한 실력 차이가 존재한다. 자신의 공격이 순조롭게 그녀에게 닿을 거란 기대는 애초부터 하지 않았다.

두근두근.

심장 박동 수가 빠르게 증가했다. 오랜만에 느껴 보는 기분 좋은 떨림이었다.

파핫!

라나사는 보폭을 길게 뻗었다. 그러곤 신형을 낮게 깔더니, 이번에는 헤이즈의 허벅지를 노렸다.

스윽.

한 걸음도 아니었다. 반걸음. 헤이즈는 딱 반걸음만 뒤로 물러섰다.

순간, '혹시 베지 않았을까?' 하는 생각이 얼핏 들 정도로 라나사의 검은 아슬아슬하게 헤이즈의 다리를 스치고 지나갔다.

'그럼 그렇지.'

라나사는 다물어진 입을 더욱 꽉 깨물며 탄력 있게 땅을 박차고 뛰어올랐다. 그 반동으로 그녀의 몸이 공중에서 팽이처럼 회전했다. 그 축을 따라 라나사가 헤이즈의 옆구리를 향해 검을 휘둘렀다. 실망하는 속내와는 전혀 다른, 빠른 연계 공격이었다.

하지만 이번에도 역시나 그녀의 검은 허공을 갈랐다.

'어?'

그리고 어느샌가 헤이즈가 바로 코앞에 다가와 있었다.

'대체 언제?'

눈도 깜박이지 않았다. 멀쩡히 두 눈을 뜬 상태로 상대의 움직임을 놓친 것이다. 이건 검을 다루는 이에겐 말도 안 되는 일이었다.

라나사가 황급히 뻗었던 팔을 회수하려 할 때였다. 그녀의 팔이 무언가에 걸린 듯 꼼짝하지 않았다.

"……!"

또 움직임을 놓쳤다. 어느덧 자신의 팔이 헤이즈의 겨드랑이 사이에 끼어 있었다.

라나사는 본능적으로 팔을 빼내기 위해 힘껏 몸을 뒤로 뺐다.

"어어!"

그 순간 라나사의 신형이 휘청거렸다. 헤이즈가 움켜쥐고 있던 힘을 풀어 버린 탓이다.

그것이 끝이 아니었다. 그녀가 라나사의 발목을 가볍게 툭 차자, 안 그래도 흔들리던 균형이 완전히 무너졌다.

결국 라나사는 무방비한 상태 그대로 연무장을 나뒹굴었다.

'젠장!'

이런 볼썽사나운 모습만은 보여 주고 싶지 않았는데.

부끄러움을 애써 속으로 감춘 라나사가 재빨리 몸을 굴려 헤이즈와의 거리를 벌리고 일어섰다.

헤이즈는 여전히 처음 서 있던 그 자리에서 검을 편안하게 늘어놓은 채였다. 그녀의 고요하면서도 가지런한 시선이 마치 옥죄듯 자신에게로 향해 있었다.

애초에 그녀의 상대가 되지 못한다는 건 알고 있었다.

하지만 보기 흉하게 나동그라졌기 때문일까.

갑자기 전에 없던 호승심이 맹렬히 끓어올랐다. 그녀의 옷자락이라도 베고 싶다는 충동이 불쑥 생겨났다.

헤이즈에게 자신의 실력을 증명하고 싶었다. 그녀를 실망시키고 싶지 않았다.

"다시 가겠습니다!"

라나사가 칼자루를 쥔 손에 힘을 바짝 가하며 재차 몸을 날렸다.

"와······."

바율과 친구들은 말을 잇지 못했다. 검에 대해 모르는 이가 보았다면, 이건 그냥 라나사가 혼자 날뛰다가 발이 꼬여 자빠진 꼴이었다.

헤이즈는 그저 가만히 서서 뒤로 반걸음, 앞으로 한 걸음 내디딘 것이 전부였다. 하지만 그 안에서 보여 준 검의 정수는 실로 놀라웠다.

특히 마지막에 라나사의 찌르기를 피하며 그녀의 팔을 휘감아 넘어뜨린 것은 가히 충격적이었다. 분명 바로 눈앞에서 벌어진 일인데, 라나사가 완전히 넘어지고 나서야 어떻게 된 상황인지 파악이 되었다.

"괴물……."

에이단은 저도 모르게 헤이즈를 보며 그리 중얼거렸다.

라나사는 처음과 달리 급하게 달려들지 않았다. 대신 적당히 거리를 벌린 채, 헤이즈의 가슴을 목표로 검을 찔렀다.

슥.

헤이즈는 지금껏 그러했듯이 슬며시 몸만 틀어 라나사의 검을 피했다. 일순 라나사의 보라색 눈동자가 반짝거렸다.

사실 찌르기는 눈속임용이었다. 라나사는 기다렸다는 듯 손목을 틀어 검의 궤적을 직선에서 반원 형태로 바꾸었다.

쇄애액—

라나사의 검이 향하는 곳은 헤이즈의 목이었다. 이번에는 간단한 동작으로 피할 수 없다고 판단했는지, 헤이즈가 허리를 크게 뒤로 젖혔다.

라나사의 뺨이 기쁨으로 꿈틀거렸다.

드디어 헤이즈의 여유를 깨뜨렸다!

이렇게 조금만 더 압박하면, 어쩌면 옷자락 정도는 벨 수 있을지도 모른다는 희망이 샘솟았다. 신중히 다음 공격에 들어가는 라나사의 얼굴에는 투쟁심이 가득했다.

하지만 기쁨은 아주 잠시였다. 또다시 라나사의 품으로 바투 다가선 헤이즈가 라나사의 가슴을 어깨로 쿵 찍어 눌렀기 때문이다.

"컥!"

라나사는 그 엄청난 충격에 마치 커다란 해머에라도 맞은 듯 괴로워하며 뒤로 튕겨 나갔다.

보디체크.

일반인들의 흔한 착각이 기사는 검이나 창과 같은 무기만 사용할 줄 안다는 것이었다.

물론 무기는 싸움에서 무엇보다 중요하다. 그러나 그것만으로는 목숨을 걸고 싸우는 전장에서 승리를 거머쥘 수 없다. 격투술은 기사라면 꼭 배우고 익혀야 할 필수 요소였다.

개중에서도 상대방의 품으로 파고들어 육중한 무게를 이용해 들이박는 기술, 보디체크는 기본 중의 기본이었다.

지금 여기가 전쟁터였다면, 헤이즈는 추호의 망설임도 없이 뒤로 나자빠지는 라나사의 목을 단번에 베어 버렸을 것이다.

　자욱한 먼지가 일대를 어지럽히며 라나사는 또 한 번 바닥을 구르고 말았다.

　'제기랄, 꼴사납게!'

　속에서 부글부글 무언가가 들끓었다.

　어떻게 만난 헤이즈인가.

　얼마나 고대하던 대련이던가.

　그녀에게 멋진 모습을 보여 줘도 모자랄 판에, 벌써 두 번이나 흙바닥에 몸을 맡겼다. 라나사는 스스로가 한심해서 미칠 지경이었다.

　"그새 지친 건가?"

　라나사가 공격은 하지 않고 밭은 숨만 삼키자 헤이즈가 물었다.

　"아닙니다."

　라나사는 대답과 동시에 기합을 터뜨리며 다시금 헤이즈를 향해 뛰어들었다.

　타핫!

　라나사의 발이 강하게 지면을 걷어찼다. 이어 세찬 바람을 일으키며 그녀의 검이 위에서 아래로 내리꽂혔다. 온 힘을 다한 회심의 일격이었다.

하지만 그 검은 허공을 지나 허무하게 땅을 스칠 뿐이었다.

'이익!'

하마터면 욕이 튀어나올 뻔했다. 그러나 라나사는 머뭇거리지 않았다. 그 상태에서 바로 힘의 방향을 바꾼 것이다. 그녀의 검은 조금 전과 반대로, 아래에서 위로 베어 올라갔다.

깡!

하나 이번에도 보란 듯이 그녀의 공격은 무위로 돌아갔다.

"수가 얕다."

헤이즈의 덤덤한 말투에 라나사는 어쩐지 울컥했다.

최선을 다했는데.

내 실력이 고작 이것밖에는 안 되는 건가?

그간의 숱한 노력이 마치 연기처럼 사라진 듯했다. 라나사의 속 어딘가에서 난데없이 불길이 치솟았다.

무섭도록 화가 치밀었다.

선망하던 이에게 절대 보여 주고 싶지 않은 치부를 들킨 것만 같아서 너무나 창피했다.

분노는 장작이 되어 라나사의 정신을 태웠다. 일순간 주변의 공기마저 데울 만큼 열기가 뜨거워졌다.

'음?'

헤이즈가 이상함을 감지한 것은 그때였다. 맞닿은 라나사의 검에서 무언가가 일렁거렸다.

'설마……'

오러였다. 응축된 마나가 검을 통해 세상에 푸른빛을 드러내는, 고귀하고도 성스러운 순간.

'이 아이가 벌써부터……!'

헤이즈의 얼굴에 놀라움이 스쳤다. 라나사가 검술에 뛰어난 재능을 갖고 있다는 건 알았지만, 솔직히 이 정도 수준일 거라고는 예상하지 못했다.

아직 제대로 갈무리하지 못한다고는 하나, 오러를 내보였다. 그것만으로도 라나사는 이미 한 사람의 기사 몫을 해낸 것과 마찬가지였다.

"실망시키지 않을 겁니다."

그때 라나사의 억눌린 잇새로 다짐과도 같은 말이 뱉어졌다. 마주 대고 있는 검에서는 상당한 반발력이 전해졌다.

"너……!"

헤이즈가 두 눈을 크게 부릅떴다. 오러에 정신이 팔려 미처 몰랐던 것을 이제야 발견했다.

라나사의 예쁜 보라색 눈동자.

그 안에 자리한, 자그마한 검은 동공.

그 동공이 점차 커져 가고 있었기 때문이다. 그 빛은 점점 위세를 넓혀 어느새 눈의 보라색 부분까지 침범하고 있었다.

헤이즈의 시선이 홀린 듯 라나사의 검으로 옮겨 갔다.

후우웅!

아니나 다를까. 푸르스름하게 빛나던 라나사의 오러 역시 그사이 검은빛을 띠고 있었다.

'칠흑의 가문?'

그 순간 헤이즈가 떠올릴 수 있는 건 그것뿐이었다.

'하지만 이 아이가 어째서……?'

라나사가 사생아라는 건 일전에 이미 들어서 알고 있었다. 그리고 라나사가 지금 내보인 저 검은빛 오러는 분명 칠흑의 가문, 그중에서도 직계에게만 이어진다는 혈족의 표시다.

'설마 라나사의 친부가……!'

헤이즈는 저도 모르게 고개를 돌려 로건을 쳐다보았다.

로건 드 세이모어.

세이모어 백작가의 또 다른 별칭은 칠흑의 가문이었다. 그들이 뿜어내는 순흑빛의 오러 때문에 기사들 사이에선 언젠가부터 그리 불려 왔다.

라나사의 오러는 로건은 물론이고, 친구들의 눈에도 고

스란히 들어왔다. 다들 엄청나게 놀란 표정이었지만, 로건 만큼은 아니었다.

정수리부터 발끝까지, 로건의 온몸이 충격으로 부들부들 떨리고 있었다.

쾅!

헤이즈와 라나사의 검이 폭발한 것은 그때였다.

'아차!'

손목이 욱신거렸지만, 헤이즈는 요령 있게 재빨리 검을 회수했다. 그리고 흡사 공간 이동이라도 하듯 라나사의 뒤로 이동하더니 별안간 그녀의 목덜미를 후려쳤다.

"악!"

간단한 동작이었지만, 그 속에 담긴 힘은 결코 약하지 않았다. 라나사가 새된 비명을 지르며 그대로 혼절했다.

"라나사!"

놀란 친구들이 달려 나왔고, 헤이즈는 쓰러지는 라나사를 가뿐하게 안았다.

"헤이즈 경! 이게 대체 무슨 짓입니까? 멀쩡히 대련하다가 갑자기 왜……!"

헤이즈를 향해 원망을 쏟아 내던 바율은 뒤늦게 뭔가 이상하다는 것을 깨달았다. 그녀가 무척이나 심각한 낯빛으로 로건을 보고 있었기 때문이다.

로건 또한 발바닥에 못이라도 박힌 듯 꼼짝 않고 선 채로 몸을 떨고 있었다.

"우리 이야기 좀 할까?"

헤이즈가 로건에게 말을 건 것은 녀석의 떨림이 어느 정도 잦아들고 난 후였다.

하지만 그것은 보이는 모습에 불과했다. 그의 내면에는 오히려 조금 전보다 더욱 강한 노기가 차오르고 있었다.

Chapter 8.
칠흑의 가문

1.

"이제 말씀해 주시죠."

뎅뎅뎅—

점심시간이 끝나고 4교시를 알리는 종이 울려 퍼졌지만, 바율과 친구들은 자리를 뜰 수 없었다. 조금 전 연무장에서 있었던 기이한 상황에 대해 아직 그들은 아무런 해명을 듣지 못했다.

"라나사를…… 갑자기 왜 기절시키신 겁니까?"

바율의 걱정스러운 눈길이 잠시 침상에 누운 라나사를 향했다. 정신을 잃은 그녀를 밖에다 계속 방치할 수 없어서 일단 헤이즈의 숙소로 데려와 눕힌 상태였다.

처음엔 신전으로 갈까도 생각했지만, 그곳은 요즘 많은 환자로 득실거렸다. 안 그래도 이목을 끄는 일행인데 굳이 사람 많은 곳으로 찾아가 시선을 받을 필요는 없었다.

게다가 헤이즈와 로건 사이에 흐르는 미묘한 분위기가, 아무래도 인적이 드문 장소가 필요해 보였다.

"로건 이 녀석은 또 왜 이러는 건데요? 다짜고짜 이야기 좀 하자고 하시더니, 어째서 아무 말씀이 없으세요?"

성질 급하게 묻던 에이단이 돌연 인상을 찌푸리며 로건을 올려다봤다.

"야, 넌 입이 사라졌냐? 이 판국에 왜 너까지 말을 안 해?"

"……."

"뭐가 그렇게 네 심기를 거스른 건데! 어째서 누구 하나 죽일 것 같은 표정을 짓고 있는 거냐고! 말을 하라니까?"

라나사와 헤이즈가 대련을 시작할 때만 하더라도 로건은 분명 들뜬 기색이었다. 헤이즈와 직접 검을 맞대는 라나사를 조금은 부러워하는 것 같기도 했다. 그리고 그건 같은 기사학부인 에이단도 마찬가지였다.

한데 그랬던 녀석이 별안간 이렇게 밑도 끝도 없이 화가 나 있으니, 당최 뭐가 문제인지 모르겠다.

"여기서 얘기해도 괜찮겠니?"

사실 헤이즈는 로건과 따로 대화를 나눌 생각이었다. 가정사라는 건 아무래도 조심스러운 주제이기 때문이다.

해서 라나사를 내려놓고 눈짓으로 나가자는 신호를 보냈는데, 어째선지 로건이 이곳에 눌러앉았다. 그리곤 입을 꾹 닫은 채 싸늘한 안광만 쏟아 내고 있었다.

"네가 불편하다면 지금이라도……."

"아닙니다. 언젠가 녀석들도 알게 될 일, 그냥 여기서 이야기하는 게 낫겠습니다."

드디어 로건의 말문이 트였다. 그가 무언가 결심이라도 한 듯 눈을 한 번 질끈 감았다 뜨더니, 느닷없이 폭탄 발언을 내뱉었다.

"라나사와 내가 남매지간인 것 같아."

"…얘 뭐라니?"

"실성했냐? 웬 헛소리야?"

친구들에겐 정녕 뚱딴지같은 소리가 아닐 수 없었다. 로건이 이런 말로 농담하는 성격이 아니라는 건 그들이 제일 잘 알지만, 그래도 너무 터무니없는 얘기였다.

"그래, 황당하겠지."

로건이 쓴웃음을 지었다.

"나도 그렇거든. 라나사가 그렇게 보고 싶어 하던 친부가 내 아버지라니…… 하핫! 너무 어이없지 않냐?"

긴 머리를 쓸어 넘기는 로건의 손등에 푸른 힘줄이 돋아 있었다. 창백하게 질린 얼굴로 어금니를 꽉 깨무는 그는 현재 대단한 인내심을 발휘하는 중이었다. 눈에 띄는 모든 것을 때려 부수고 싶은 충동을 가까스로 내리눌렀다.

"로건……."

작금의 상황을 온전히 이해하기는 어려웠지만, 바율은 적어도 로건이 진실을 말하고 있다는 건 느낄 수 있었다. 그리고 그 진실이 진짜라면 로건의 아버지가 부정을 저질렀다는 의미이고, 그건 녀석의 집안에 한바탕 폭풍이 일 거란 뜻이었다.

"네 말이 사실이라면 지금 네 기분이 아주 복잡하겠네. 근데, 난 갑작스럽게 둘이 남매라는 게 도무지 뭔 소리인지 모르겠어서. 납득할 수 있게 설명해 봐."

로건의 청천벽력과도 같은 말에 다들 멍해 있을 때, 퀸이 특유의 날카로운 어조로 의문을 제기했다.

"조금 전까지만 해도 라나사는 그저 헤이즈 경과 대련 중이었어. 심지어 우리 모두 함께 그걸 보고 있었고. 그런데 어떻게 난데없이 이런 결론을 낸 거지? 나만 이해 못 하는 건가?"

"…라나사가 오러를 뿜어냈잖아."

"그게 뭐? 오러가 어쨌는데?"

"색. 너희도 라나사의 오러 색깔 봤지?"

로건의 황금색 눈동자에 다시금 분노가 들어찼다.

"순흑빛 오러. 그건 우리 가문, 그것도 직계에게만 나타나는 표식 같은 거야."

"…표식?"

"보통의 오러는 푸른빛을 띠지."

헤이즈의 음성이 끼어들었다.

"하지만 세이모어 백작가는 특이하게 검은빛을 내. 그래서 칠흑의 가문이라고도 불리지. 선대에 이종족의 피가 섞였다는 설도 있는데, 내가 거기까지는 잘 모르겠고. 어찌되었든 검은빛 오러는 세이모어가의 상징이라고 할 수 있어. 그들이 강한 건 그 때문이기도 하거든."

"단지 오러의 색이 검어서 더 강하다는 말씀입니까?"

"아니. 그 안에 담긴 광기 때문이야."

"…광기?"

"응."

로건은 이제껏 누구에게도 털어놓지 않았던, 바율에게조차 말하지 않았던 비밀을 꺼냈다.

"우리 직계 혈족의 피에는 마나와 닿으면 날뛰는 기질이 있어. 그걸 우린 광기라고 표현하지. 광기를 다스리지 못하면 이지를 상실하고 미친 듯이 검만 휘두르게 된다고 해.

난 보지 못했지만, 내 고조부께서 그렇게 돌아가셨다고 하더군."

"그러면 아까 헤이즈 경이 라나사의 목덜미를 친 것도……?"

에이단의 중얼거림에 로건이 그렇다는 듯 고개를 끄덕였다.

"라나사는 오러를 오늘 처음 발현했어. 헤이즈 경이 제때 나서 주지 않으셨다면 아마 제법 큰 사고가 났을 거야. 한 번 폭주가 시작되면 멈추기가 어렵거든."

"로건, 너는 괜찮은 거야? 너도 언젠가는 그렇게 될 수도 있다는 거잖아."

"걱정하지 마, 바율. 그래서 호흡법을 익히고 있으니까."

"호흡법이라니?"

"혈류에 흐르는 광기를 안정화할 수 있는 가문의 비전 같은 거야. 나도, 라피트도 어려서부터 배워 왔어."

"세이모어가의 직계 자손은 입을 떼는 순간부터 무조건 그 호흡법부터 익힌다지? 익숙해지기까지 꽤 고생을 했다고 아이작 선배가 그러더군. 선배한테 미리 그런 얘기를 듣지 않았다면 나도 제대로 대처하지 못했을 거야. 그럼 라나사가 어찌 되었을지……."

실망시키지 않을 겁니다.

라나사의 보라색 눈이 검은빛에 사로잡혀 소름 끼치는 기운을 내보였을 때, 헤이즈는 다른 생각을 할 여유가 없었다. 바로 라나사와 마나를 끊어 내야 한다는 마음뿐이었다.

"숙부님이 헤이즈 경께 직접 그런 말씀도 하셨습니까?"

로건이 아는 한 그의 숙부는 아무에게나 그런 사적인 얘기를 털어놓으실 분이 아니었다. 그에 로건이 조금 놀란 듯 묻자 헤이즈가 대답했다.

"공작 전하께서 함께 계신 자리였다. 술을 진탕 드시곤 하소연하듯이 그러더군."

"숙부님은 여전하신가 보군요."

"뭐, 그렇지."

그게 어디 하루 이틀 일이냐는 듯 헤이즈가 받아치자 로건이 고개를 설레설레 저었다.

"아이작이란 분이 네 숙부야? 근데 헤이즈 경이 선배라고 부르시는 걸 보면, 혹시 만월 기사단인 겁니까?"

"어."

"헐! 왜? 칠흑의 기사단이 아니고?"

로건의 숙부면 그의 아버지인 세이모어 백작의 동생이었다. 그런데 칠흑의 기사단이 아니라 만월 기사단에 속해 있다니. 본래부터 그에 관해 알고 있던 바울을 제외한 나머지 친구들이 다들 어처구니없다는 표정을 지었다.

"그냥 좀…… 별난 분이라."

"별나다고?"

"방금 전에 술독에 절어 사신다는 말 못 들었어?"

술을 진탕 마셨다고만 하셨지, 언제 그런 소리를 했냐?

에이단은 그렇게 쏘아붙이고 싶었지만, 뭔가 사연이 있는 듯하여 차마 입을 열지 못했다. 그러다 뭔가 불현듯 확 떠올랐다.

"야! 그럼 라나사가 그 숙부님의 딸일 수도 있는 거 아니야?"

아무리 생각해도 만월 기사단에 계신다는 게 이상하긴 했지만, 어쨌든 가능성 있는 얘기였다. 직계는 직계니까.

"아니. 그럴 가능성은 희박해."

하지만 로건은 단호했다. 어쩐지 헤이즈도 동의하는 기색이었다.

"술 말고는 그 어디에도 관심이 없으시거든. 특히 여자라면 질색을 하셔서 집에서도 완전 손 놓으셨어. 그래서 여태 장가도 안 가고 혼자시지. 솔직히 만월 기사단에서 뭘 하시는지도 모르겠고."

"…다른 형제분은 안 계시냐?"

끄덕.

로건에게는 고모도 없었다. 그렇기에 라나사의 오러를 본 순간 자연스레 아버지를 떠올릴 수밖에 없었다. 배신감이 또다시 로건을 집어삼켰다.

"로건, 이런 상황에서 너한테는 조금 미안한 말인 것 같은데…… 라나사도 빨리 그 호흡법을 익혀야 하지 않을까?"

라나사는 밤낮으로 검술 수련을 하는 독종이었다. 게다가 이미 오러를 한 번 내뿜었으니, 또 그러지 않는다는 보장이 없다. 위험하다는 걸 알면서도 내버려 둘 수는 없었다.

"문제는 그러면 라나사가 친부가 누구인지를 알게 된다는 거야."

의도치 않게 아버지의 부정을 알게 된 로건이나, 십수 년만에 그리 보고 싶어 하던 친아버지의 정체를 알게 된 라나사나 안쓰럽기는 매한가지였다.

이게 대체 무슨 운명의 장난이란 말인가?

"그런데 가만. 라나사는 지금 열아홉 살이라고 하지 않았나?"

"응, 맞아. 열여덟 살에 입학했다고 했거든."

"그럼 누나네?"

"…뭐?"

"로건 너보다 나이가 한 살 많잖아."

"그러고 보니 그러네. 어쩌면 세이모어 백작님께서 결혼하시기 전에……."

"아버지가 전 연인이 아이를 가진 걸 모른 채 결혼했을 수도 있다고 말하고 싶은 거라면, 됐어. 내가 태어난 건 어머니가 시집오시고 3년쯤 되었을 때니까."

로건이라고 왜 그 생각을 해 보지 않았겠는가. 아버지를 누구보다 존경했기에 어떻게든 다른 경우를 가정해 보았다.

물론 정말 몰랐다 한들 아버지가 무책임했다는 사실은 변함없지만, 적어도 부정은 아니었다고 결백을 주장할 순 있었다.

얼마나 시간이 흘렀을까.

단호한 로건의 말을 마지막으로 무거운 침묵이 내려앉았다. 더 이상 털어놓을 얘깃거리도, 비상책도 없었다. 그들은 그제야 상당히 난처한 국면에 봉착했음을 새삼 인식했다.

라나사에게 이걸 어떻게 말해야 할지.

로건의 아버지에겐 어떤 식으로 전해야 할지.

사실이 드러나면 보스트리지 남작가에선 무어라 대응할지.

그야말로 혼돈의 도가니였다.

"…근데 말이야."

그때 에이단이 툭 한마디 던졌다.

"라피트 어떡하냐?"

"라피트?"

"그 녀석이 라나사 좋아하잖아."

"에이단, 너는 이 상황에서 그딴 말이 나오냐? 지금 그게 문제야?"

"라피트에겐 당연히 심각한 문제지! 입학하자마자 첫눈에 반해서 좋다고 미친 듯이 쫓아다니고 있는데, 갑자기 둘이 피가 섞였대. 그것도 아버지가 같은 이복 남매. 너 같아도 환장하지 않겠냐?"

"그야 놀라긴 하겠지. 그래도 뭐, 당사자인 라나사보다 심각하겠어? 평생 사생아로 힘들게 살다가 이제야 친부를 찾게 된 라나사에 비하면 라피트 녀석은 그나마 양호한 거지!"

에이단의 철딱서니 없는 발언에 발끈한 일라이가 목소리를 키울 때였다.

"내가 친부를 찾았다고? 내 친부가 누군데?"

"아 씨! 누구긴 누구야! 넌 여태 뭐 들었……!"

답답한 마음에 버럭 소리를 치던 일라이는 문득 이상한 느낌에 천천히 고개를 돌렸다. 그곳에는 어느새 정신을 차린 라나사가 스르륵 침상에서 몸을 일으키고 있었다.

바율과 친구들은 마치 귀신이라도 본 듯 그대로 얼어붙었다.

"왜 아무도 말이 없어?"

라나사는 이제 완전히 일어나 친구들을 향해 뚜벅뚜벅 걸어왔다. 그 단순한 움직임이 어찌나 살벌하게 느껴지는지, 바율은 흡사 사신을 목도하는 기분이었다.

"말해, 어서."

라나사가 소파 앞에 멈춰 선 채 친구들의 얼굴을 하나하나 훑어보았다. 당장 모든 걸 사실대로 불지 않으면 전부 가만히 두지 않겠다는 기세였다.

"…어디까지 들었는데?"

막판에 흥분하는 바람에 너무 소리를 질러 댔다. 그에 약간의 죄책감을 느낀 일라이가 용기 내어 묻자, 라나사가 고개를 삐뚜름하게 기울었다.

"글쎄……."

라나사의 마지막 기억은 헤이즈와의 대련에서 온 힘을

쏟은 회심의 공격이 실패로 돌아가며 좌절과 분노를 동시에 겪은 것이었다.

한데 소란한 분위기에 눈을 떠 보니 익숙지 않은 방이었고, 에이단과 일라이가 설전을 벌이고 있었다. 그것도 그녀의 친부를 거론하면서.

왜?

친부를 찾았다는 말에 앞뒤 없이 그게 누구냐고 묻긴 했는데, 생각해 보니 무언가 이상했다.

갑자기 녀석들이 왜 내 친부에 관해 떠들고 있는 것일까?

그리고 난 어쩌다가 여기서 이러고 있는 거지?

분명 헤이즈 경과 대련 중이었는데.

중간에 기억이 몽땅 사라졌다. 정신을 차리고 나자 수상한 점이 한두 가지가 아니었다.

"라피트의 이름을 들은 것 같기도 한데……."

라나사의 혼잣말에 바율과 친구들은 자신들도 모르게 흠칫 몸을 떨었다. 하얗게 질린 얼굴 하며, 불안하게 흔들리는 눈동자. 라나사의 촉이 발동했다.

"로건, 네가 말해 봐."

"헙!"

라나사의 지목에 에이단은 그만 숨을 훅 들이마셨다.

"왜 그렇게 놀라?"

"어? 어, 아니…… 난 그냥……."

"그 녀석이 로건의 동생이잖아. 그래서 말해 보라고 한 건데."

사실 라피트는 네 동생이기도 해.

에이단은 하마터면 순간 그렇게 나불거릴 뻔했다.

"그리고 말이지."

라나사가 묘한 눈길로 로건을 내려다보았다.

"아까부터 로건, 너만 내 시선을 피하고 있는 것 같은데. 나만의 착각일까?"

그랬다. 라나사가 깨어난 후부터 지금까지, 로건은 차마 그녀를 볼 수 없어 고개만 푹 숙이고 있었다. 아버지로 인 한 분노 다음으로 그를 괴롭히는 것은 라나사에 대한 미안 함이었다.

라나사가 그간 어떻게 살았는지, 보스트리지 남작가에서 어떤 취급을 당하며 버텨 냈는지 이미 다 들어서 알고 있었 다.

차라리 몰랐다면 이렇게까지 기분이 바닥을 치진 않았을 것이다. 이 모든 것이 자신의 아버지 때문에 벌어진 사실이 라는 게 로건은 그저 참담했다.

"라나사."

헤이즈가 나지막한 음성으로 라나사를 불렀다.

"우선 이리로 와 앉아 보겠니?"

라나사가 받을 충격이 벌써부터 걱정이지만, 그렇다고 대충 숨기고 넘어갈 수는 없었다.

한 번만 더 이런 일이 생기면 라나사가 어찌 될지 몰랐다. 어떤 의미로는 라나사의 생명이 걸린 일이기도 했다. 호흡법을 배우고 익히기 위해서라도 지금은 모든 걸 털어놓을 때였다.

"부디 네가 조금이라도 덜 상처를 받았으면 좋겠구나."

헤이즈는 말없이 자신의 옆으로 와 앉는 라나사에게 차분하게 긴 이야기를 들려주었다.

Chapter 9.
기필코

1.

시간이 어떻게 지나갔는지 모르겠다. 노예 시장 문제로 바율 대신 황궁에 갔었던 맥 보좌관도 돌아왔고, 중간고사도 무사히 마쳤다.

아버지에 대한 배신감 탓인지 로건은 전과 달리 시험에 집중하지 못했다. 그는 결국 수석을 놓쳤고, 다행이라고 해야 할지 아니라고 해야 할지, 에이단과 라나사는 늘 그랬듯 나란히 기사학부 수석을 차지했다.

라나사는 겉으로 보기엔 이전과 별반 다르지 않게 지냈다. 누구보다 열심히 공부했고, 밤낮으로 시간을 쪼개 가며 검술 훈련에도 매진했다.

얼음 여신이란 별호에 걸맞게 한층 더 차가운 가면을 쓴 것만이 달라진 점이라면 달라진 점이었다.

그녀는 호흡법을 익히는 것을 거절했다. 바율과 친구들이 그러다 목숨을 잃을 수도 있다고 경고했지만, 요지부동이었다.

헤이즈가 그대로 둬도 괜찮다는 말을 하지 않았더라면, 그들은 라나사에 대한 걱정으로 밤새 잠도 자지 못했을 것이다.

라나사의 피에 흐르는 광기는 오러를 발현하지 않으면 잠잠하다고 했다. 자신과의 대련이 기폭제가 된 것 같다며, 당분간은 헤이즈가 라나사를 지켜보는 것으로 일단 상황을 마무리했다.

이틀 뒤면 이제 아카데미의 최대 행사인 가을 축제가 열린다. 이번에는 무려 란데르트 공작이 참석한다는 공식적인 발표가 있었다. 덕분에 축제를 준비하는 학생들의 사기가 하늘을 찌를 듯 높았고, 기대감 역시 끝 간 데 없이 솟았다.

하지만 바율과 친구들은 마냥 기뻐할 수가 없었다. 로건의 아버지인 세이모어 백작도 방문할 거란 소식을 접했기 때문이다.

그를 초대한 건 라피트였다. 두 아들이 다니는 아카데미인 데다, 란데르트 공작까지 온다고 하니 세이모어 백작 입장에선 마다할 이유가 없었다.

"하아."

그 탓에 바율은 늘어가는 건 한숨이요, 지끈거리는 두통은 덤이었다.

"밥 먹다 말고 왜 자꾸 한숨이야? 식욕 떨어지게."

토요일 오후, 아카데미를 일찍 파하고 돌아온 바율은 저택의 식구들과 함께 점심을 먹던 중이었다. 안 그래도 입이 짧은 바율이 밥은 안 먹고 한숨만 푹푹 쉬어 대자 데스가 이맛살을 찌푸리며 타박했다.

"이게 내가 얼마 만에 제대로 하는 식사인 줄 알아? 그 망할 천족 때문에 리타가 봉사 활동인지 뭔지를 나가는 통에 그간 밥도 안 차려 줬다고! 네가 그러고 있으면 너 걱정하느라 제대로 음식이나 할 수 있겠어?"

"그 망할 천족을 이틀씩이나 쫓다가 놓치고 온 게 누구더라?"

마황의 빈정거림에 데스가 짜증 섞인 눈으로 자신의 형을 노려보았다.

"다음번엔 아작을 내 버릴 거라고 내가 말했지? 나니까 그 천족 새끼 발목이라도 자르고 온 거야. 너는 놈의 꼬리도 밟지 못했을 거라고."

"실패자의 그럴듯한 변명이로군."

"누가 실패자야? 여기 인간계에서 진체를 드러내지 않고도 나만큼 움직일 수 있는 마족이 또 있을 것 같아?"

"아마 있을걸?"

그게 누구냐고는 굳이 물을 필요도 없었다. 마황이 빙그레 웃으며 손가락으로 자기 자신을 가리키고 있었기 때문이다. 딱히 틀린 말은 아니라서 데스는 붉으락푸르락 제 얼굴만 구겨 댔다.

그때 크루델리스가 돌연 데스의 앞자리를 보며 힐난했다.

"근데 넌 그게 식욕이 떨어진 거냐? 대체 빈 접시가 몇 개야? 나보다 두 배는 더 처먹었잖아! 넌 위아래도 없어?"

"밥 먹는 데 위아래가 어디 있어? 먼저 먹는 놈이 임자지."

"오호, 그래?"

마황이 씨익 미소를 짓더니 막 요리를 내오는 아고스에게 탁자를 두들기며 말했다.

"지금부터 모든 음식을 내 앞으로 가져온다."

"예? 폐하, 그게 무슨……?"

"그동안 데스에게 나보다 더 많은 음식을 갖다 바친 거 알고 있어. 저 녀석의 포악한 성질 때문에 착한 내가 모른 척하고 있었는데, 이제 더 이상은 무리야."

"무리는 무슨. 얼른 갖고 와!"

데스가 어디서 개가 짖느냐는 듯 손가락으로 귀를 후벼 파며 아고스에게 명령했다.

"네, 형님."

차앙!

아고스가 데스의 명에 자연스럽게 발을 옮기려던 찰나였다. 식탁 위로 별안간 하얀 검이 툭 튀어나왔다. 이전에도 본 적 있는 마황의 애검, 엘라움이었다.

"못 들은 건가? 아니면, 너도 바르처럼 팔이라도 잘라 줘?"

마황이 상냥하게 물었다. 예감이 좋지 않다. 아고스는 본능에 따라 제자리에 멈춰 섰다. 여기서 한 발자국이라도 더 움직이면 본인의 팔이 날아갈 것이라는 데에 전 재산을 걸수도 있었다.

'시벌, 하필 왜 지금 나와 가지고.'

주방에서 식재료나 다듬고 있을 걸 하는 후회가 절로 들었지만, 이미 때는 늦었다.

리타의 봉사 활동이 길어지면서 그녀의 음식을 장시간 먹지 못했던 마황과 데스는 요사이 심기가 아주 불편했다. 예민하기가 이루 말할 수 없는 상태가 된 둘이기에 되도록 자극하지 않기 위해 극한의 노력을 기울였건만, 방심의 대가는 참혹했다.

"아고스, 갖고 와. 목 날아가기 전에."

데스가 싸한 목소리로 다시 한번 명령했다. 고래 싸움에 새우 등 터진다고 하더니, 지금 아고스가 딱 그 짝이었다. 형제의 틈에 껴서 이게 무슨 살 떨리는 경우란 말인가.

그는 팔도 지키고 싶었고, 목도 유지하고 싶었다.

한마디로 사지 멀쩡하게 살아 있고 싶었다.

'으헐, 누가 좀 도와주세요.'

극도의 긴장으로 인해 아고스의 이마에선 뻘뻘 땀이 나고 있었다. 마황과 데스는 한 치의 물러남도 없이 서로를 매섭게 쏘아보고 있었고, 이언과 맥은 조용히 자신들의 식사에만 집중했다. 그들에겐 두 마족 사이에 끼어들 만한 배짱도 없었지만, 애초에 해결할 수 있는 문제 또한 아니었다.

리타라면 모를까.

이언과 맥이 같은 생각을 떠올릴 즈음이었다.

"컹! 컹컹!"

저택 밖에서 익숙한 개 짖는 소리가 들려왔다. 라나사에 대한 고민으로 마황과 데스의 다툼은커녕 엘라움이 나타난 것도 모르고 있던 바율이 깜짝 놀라며 자리에서 일어섰다.

"…재스퍼?"

아무리 다른 데 정신이 팔렸다고 해도 재스퍼의 소리를 알아듣지 못할 리는 없었다.

"도련님!"

주방에서 한창 요리 중이던 리타가 후닥닥 달려 나왔다. 그녀 역시 소리만으로도 재스퍼가 왔다는 걸 안 것이다. 당연히 엘라움은 리타가 보기 전에 사라졌다.

"설마 영주님께서 벌써 오신 걸까요?"

축제는 이틀 뒤였다. 사흘간 열리는 축제이니 중간에 하루 정도 들르시겠거니 홀로 짐작하고 있던 바율은 리타와 함께 부리나케 현관으로 뛰어나갔다. 이언과 맥도 란데르트 공작을 맞이하기 위해 즉시 바율의 뒤를 따랐다.

"재스퍼!"

바율은 순간 자신의 눈을 의심했다. 정말로 눈앞에 재스퍼가 있었기 때문이다. 심지어 녀석뿐 아니라 루비와 보석 사인방까지 전부 함께였다.

"녀석, 아비보다 재스퍼가 더 반가운 것이냐?"

그리고 어머니를 만났던 그 날부터 아니, 그 전부터 너무나 뵙고 싶었던 아버지가 환하게 미소를 지으시며 자신을 바라보고 있었다.

"아버지!"

"그래, 나다. 이제야 보이느냐?"

아버지, 어머니를 만났어요.

어머니께서 많이 보고 싶다고, 많이 그리워하고 있다고 전해 달라고 하셨어요.

아버지의 얼굴을 보자 바율은 갑자기 어머니와의 만남이 떠오르며 눈물이 왈칵 쏟아졌다.

"바율?"

아들의 눈물에 당황하는 공작의 품으로 바율이 뛰어들었다.

"하하, 녀석. 재스퍼를 데려온 것이 그리도 좋으냐?"

바율에게 있었던 일에 대해 전혀 알지 못하는 공작은 웃음을 터뜨리며 아들의 머리를 쓰다듬었다. 못 본 사이에 머리카락도 자란 것 같고, 키도 좀 커진 느낌이었다.

'살이 좀 더 붙어야 할 텐데.'

바율의 마른 어깨가 내심 신경 쓰였지만, 아들에게서 전해지는 따뜻한 체온만은 마음에 들었다.

"보고 싶었다."

"컹컹! 컹컹컹컹!"

그렇게 얼마나 아버지의 품에 안겨 있었을까.

별안간 미친 듯이 짖어 대는 재스퍼의 울음소리에 바율은 정신이 번쩍 들었다. 그제야 제 감정이 북받쳐서 여기까

지 힘들게 온 녀석을 제대로 만져 주지도 못했다는 자각이
들었다.

"재스퍼, 미안."

바율은 서둘러 아버지의 품에서 빠져나오며 재스퍼에게
사과했다.

"컹컹컹! 컹컹컹!"

하지만 어째선지 녀석의 화는 풀리지 않았다. 오히려 더
욱 거칠게 짖어 댔다.

"재스퍼, 내가 미안하다니까. 화 풀고 나 좀 봐. 응?"

단단히 토라졌는지 녀석은 바율을 보지도 않았다. 저택
의 뒤로 향하는 그늘진 곳을 향해 시끄럽게 짖어 댈 뿐이었
다.

바율은 아예 바닥에 무릎을 대고 앉아 재스퍼를 진정시
키기 위해 녀석을 끌어안았다. 거센 심장 박동이 녀석이 현
재 얼마나 흥분 상태인지를 알려 주었다.

"나오게."

그때, 란데르트 공작이 재스퍼를 따라 어둠 속을 바라보
며 명령했다. 그러자 곧 두 인영이 걸어 나왔다.

"오랜만에 뵙습니다, 공작 전하."

"그간 안녕하셨습니까."

그들은 리암이 바율에게 호위 기사로 붙여 준 리자이, 리

바이 형제였다. 둘은 바율이 불편해하는 것을 알고 언젠가부터 거의 모습을 드러내지 않은 채 은밀히 호위를 해 왔다. 리타 말로는 식사도 알아서 먹는 것 같다고 했다.

"아무래도 이 녀석이 자네들을 신경 쓰는 듯하군. 그렇게 숨어 있으니 적이라고 오해라도 한 모양일세."

"크르르릉!"

재스퍼는 급기야 형제가 가까이 다가오자 으르렁거리기까지 했다.

"재스퍼, 괜찮아. 저분들도 여기서 함께 지내고 있어."

"끄르릉!"

"괜찮다니까. 그만 진정해."

녀석이 계속 사납게 굴자 리타에게 꼬리 치기 바쁘던 루비와 보석 사인방까지 합세해서 시끄럽게 울어 댔다. 덕분에 저택이 무너지기라도 할 것처럼 한순간에 일대가 소란스러워졌다.

"저는 재스퍼가 이리도 충실한 가드견일 줄은 몰랐습니다."

의외의 모습이 퍽 귀엽다는 듯 이언이 재스퍼를 보며 피식 웃더니, 뒤늦게 허리를 숙이며 공작에게 예를 올렸다.

"아마 성내에서 두 분을 본 적이 없어서 그럴 거예요. 평소엔 장난꾸러기지만, 낯선 사람에겐 경계심이 엄청나거든요."

지금도 재스퍼는 바율의 옆에 찰싹 붙어서는 날카로운

송곳니를 가감 없이 드러내고 있었다. 아카데미에 입학하고 방학 때만 잠깐씩 보는 사이가 되었지만, 바율을 지켜내겠다는 녀석의 사명감은 여전했다.

이렇게 되면 다른 수가 없다. 원인 제공자를 치우는 수밖에.

"두 분은 들어가 보시는 게 좋을 것 같습니다. 익숙지 않은 곳이라 그런가, 재스퍼가 전보다 더 예민하게 구네요. 원래 제가 괜찮다고 하면 금방 경계를 푸는 녀석인데, 죄송합니다."

"아닙니다, 바율 도련님."

"그럼 저희는 먼저 물러나겠습니다."

란데르트 공작이 고개를 끄덕이며 허락하자 리자이, 리바이 형제가 금세 자취를 감추었다.

"재스퍼, 이제 됐지?"

과연 그들 형제가 사라지자 재스퍼는 거짓말처럼 짖는 것을 멈췄다. 루비와 새끼들도 언제 그랬냐는 듯 얌전히 땅에 엉덩이를 붙이고 앉았다.

"끼잉, 낑……."

그런데 재스퍼가 이번에는 낑낑거리며 바율의 얼굴을 핥아 댔다. 반가워서 꼬리를 흔들며 난리를 치던 평상시와는 달라도 너무 달랐다.

"왜 그래, 재스퍼? 나 없는 사이 무슨 일 있었어?"

녀석의 소리가 어찌나 서럽게 느껴지는지 바율은 가슴이 다 철렁했다.

"이런 적이 없었는데……."

"흐음. 기차에서도 제집처럼 잘만 자던 녀석인데 희한하구나."

이쯤 되자 란데르트 공작마저 염려가 들 정도였다. 바율이 처음 해밀턴을 떠나던 날에도 발악을 하면 했지, 이처럼 불안해하지는 않았다.

"재스퍼, 어디 아픈 건 아니지?"

바율이 다정한 귓속말을 속삭이며 쉬지 않고 녀석을 쓰다듬자 다행히 차츰 나아졌다. 빠르게 뛰던 심장도 제 속도를 찾았고, 더 이상 끙끙거리지도 않았다.

"그래, 잘했어."

바율이 칭찬하자 그제야 꼬리를 팔랑거리며 열심히 침을 묻혀 댔다.

"으이구! 어리광이 이렇게 늘어서야!"

루비와 보석 사인방에게 둘러싸인 채 걱정 어린 눈길로 재스퍼를 살피던 리타가 돌연 발딱 몸을 일으켰다.

"재스퍼! 너 이제 부인에다가 자식까지 있는 몸이거든? 철 좀 들 때도 되지 않았어?"

"컹!"

"가족들이 보는 앞에서 이게 무슨 추태니? 창피하지도 않아?"

"컹컹!"

"아무튼, 이리 와. 도련님은 영주님과 하실 말씀이 있을 테니까."

"컹컹컹!"

재스퍼가 싫다는 듯 뒷걸음질 치며 머리를 크게 젖혔다. 하지만 그것에 넘어갈 리타가 아니었다. 그녀가 양손에 허리를 얹고 가늘어진 시선으로 재스퍼를 노려보았다.

"어쭈? 반항이냐? 그럼 후회할 텐데."

리타가 사악하게 웃으며 앞치마로 손을 가져갔다. 그러곤 주머니에서 당당히 육포를 꺼내 들었다. 마치 녀석들이 올 걸 알고 준비라도 한 듯.

"컹컹!"

재스퍼의 커다란 눈이 순간 정처 없이 흔들렸다. 녀석이 바율을 제외하고 세상에서 제일 좋아하는 것이 바로 리타가 만든 육포였다. 이미 입에서 침이 질질 새고 있었다. 그리고 그건 보석 사인방도 마찬가지였다.

"영주님, 도련님. 전 녀석들 데리고 가 볼게요. 이야기 빨리 마치시고 식사하러 오세요!"

먼 길 오신 영주님께 당장이라도 근사한 식사를 차려 드리고 싶었지만, 준비 시간이 필요했다. 게다가 지금 식당으로 가 봤자 남은 음식이 있을 리도 만무하다. 문득 그 음식들이 다 누구의 입으로 들어갔는지를 생각하니 괘씸하기 그지없다.

'영주님께서 오셨는데 코빼기도 안 비쳐?'

리타의 고운 미간에 미약한 균열이 생겼다. 영주님 앞에서는 제발 조신하게 굴라는 커닝 집사의 말이 없었더라면, 벌써 고래고래 소리를 지르며 한바탕했을 것이다.

'다 쫓아내고 고기 요리를 더 해야겠어!'

야무진 다짐과 함께 리타가 꾸벅 인사를 올리고는 재스퍼 가족을 데리고 쓱 사라졌다.

역시 육포의 힘이란 위대했다. 끝까지 바율 곁에서 떨어지지 않겠다고 고집을 부리던 재스퍼가 결국 코에 와 닿는 육포 냄새를 참지 못하고 리타의 뒤를 쫄래쫄래 따라갔다. 그러면서도 몇 차례 뒤를 돌아보는 모습을 보아하니, 바율이 어지간히도 걱정이 되는 모양이었다.

"휴, 이제야 좀 조용해졌네요."

상황이 정리되고 나자 바율은 어쩐지 민망해졌다. 아버지의 뒤에 시립하고 있는 만월 기사단을 그제야 발견한 것이다.

열일곱 살이나 되어서 어린애처럼 아버지의 품에 안겨 엉엉 울어 댔으니, 쥐구멍이 있다면 당장 숨고 싶은 심정이었다.

"어?"

그러다 친숙하진 않지만, 그렇다고 낯설지도 않은 인물과 눈이 마주쳤다.

'저분은……!'

바로 로건의 숙부인 아이작이었다. 아버지의 수행 기사인 사다드의 옆에 어째선지 그가 있었다.

아이작이 만월 기사단이라고는 하나, 그는 로건의 말처럼 항상 술을 끼고 살았다. 검을 들고 훈련을 한다거나 말을 타는 모습조차 본 적이 없었다.

바율도 그가 대체 만월 기사단에서 무슨 일을 하는지 알 수가 없었다. 언젠가 궁금함을 참지 못하고 아버지에게 물었을 때, 애매한 답변만 들었다.

남들이 하지 못하는 걸 한단다.

당시에 '그게 뭔데요?' 하고 바율이 재차 물었지만, 아버지는 그냥 웃음으로 넘기셨다.

남들이 하지 못하는 것.

이곳에 오신 이유도 그 때문인가?

친조카인 로건에게조차 살갑지 않은 아이작은 주군의 아들인 바율과 눈을 마주치고서도 표정에 아무런 변화가 없었다.

술을 마시지 않은 그는 이지적이고 단정해 보였다. 그러나 가는 눈매에 자리한 그의 황금색 눈동자는 오금이 저릴 만큼 싸늘하고 차가웠다.

잠시 쭈뼛거리던 바율은 그에게 차마 말을 건네지는 못하고, 살짝 묵례하는 것으로 인사를 대신했다.

"도련님께 말씀드릴 게 많습니다. 노예 건과 몬스터 난입 사건에 대해 들어야 할 것도 많고요. 안으로 드시겠습니까?"

"아, 네. 사다드 경."

바율은 아이작에게 한눈팔았던 시선을 즉시 거두고 아버지와 사다드를 저택으로 안내했다.

2.

바율은 황도에 다녀온 맥에게서 전해 들은 내용과 그에 관한 서류를 아버지께 내밀며 보고했다.

황제는 예상대로 노예 문제에 격분했고, 관련된 자들을 모두 즉각 처결하라는 엄포를 놓았다. 덕분에 귀족들은 또다시 숨을 죽여야만 했다. 바율에 의해 드로우 후작가가 제국에서 영영 사라진 게 불과 몇 달 전이었다.

그런데 이번에는 엮인 가문이 한두 군데가 아니었다. 드로우 후작처럼 역모에 준하는 죄를 저지른 것은 아니었지만, 제국에서 엄격히 금하고 있는 중범죄에 연루된 건 사실이었다. 몸을 사리지 않으면 어떤 불똥이 튈지 몰랐다.

도당의 귀족들 사이에선 이젠 바율을 조심하란 말까지 나돌고 있었다. 어린놈이 지나가는 곳마다 피바람을 몰고 다니는 게, 제 아비인 란데르트 공작보다도 더 지독하고 악랄하다며 수군거렸다.

바율로서는 당연히 해결해야 할 일을 처리하다 보니 상황이 그리된 거였으나, 귀족들에겐 바율이 처음부터 작정을 하고 일을 꾸민 것처럼 비쳤다. 뒤가 구릴수록 그런 망상은 더욱 심할 수밖에 없었다.

물론 바율의 뒤에는 란데르트 공작이 떡 버티고 있었기에 누구도 그 앞에서는 함부로 입을 열지 못했다. 그저 저들끼리 눈치를 보며 하소연하는 수준이었다.

바율이 의도한 것은 아니지만, 그의 행보는 귀족들을 긴장시켰고 집안 단속을 철저히 하는 계기가 되었다.

"카셀은 어찌 되었느냐?"

아버지의 물음에 바율은 시무룩한 얼굴로 그가 계속 마법학부 교수로 남게 된 사정을 설명했다.

"…그가 이사장에게 매달렸다고?"

"바율 도련님, 진짜입니까? 그 미친놈…… 아니, 보이텍 백작이 그랬다고요?"

란데르트 공작과 사다드는 믿을 수 없다는 표정이었다.

"네, 뭐든 하겠다면서 내치지만 말라고 그랬대요. 이사장님 성격 아시잖아요. 재밌겠다 싶으셨는지, 일단 그러라고 해서 라이가 이사장실을 완전 뒤집어 놓았었어요."

오랜만에 만난 부자 사이가 더 멀어지게 된 계기였다.

"몬스터가 쳐들어왔을 때 공을 세운 것은 사실이라서 바로 해고하면 다들 이상하게 생각할 거예요. 그래도 언제 어떤 사고를 칠지 몰라서 감시는 하고 있습니다."

그러니 너무 걱정하지 마세요.

바율의 담담하면서도 차분한 말에 란데르트 공작의 눈에 이채가 떠올랐다. 한없이 어리다고만 생각했던 녀석이거늘, 언제 이렇게 의젓해졌나 싶다. 저택 밖에서 울면서 품에 안겼던 것과는 아주 딴판이었다.

"그런데, 몬스터가 갑자기 아카데미를 덮친 이유는 무엇 때문입니까? 앞서 보내신 서찰에서 마나 게이트를 언급하셨던데, 자세히 말씀해 주십시오."

바율이 만월 기사단의 도움을 요청하면서 보낸 서신에는 자세한 설명은 직접 만나서 하겠다고 적혀 있었다. 만월 기사단의 규모가 커서 다행이었지, 무려 절반이 넘는 수가 아카데미에 급파되었다. 해밀턴에 주둔하는 병력이 감소하는 일이었기에 사다드에겐 나름 예민한 문제였다.

"그에 관해 아버지께 드릴 말씀이 있습니다."

기실 아버지를 처음 뵌 순간부터 말하고 싶었다. 하지만 어머니의 얘기를 꺼내면 아버지가 어떤 반응을 보이실지 너무나도 잘 알기에 바율은 무작정 입을 열 수가 없었다.

"놀라지 마시고 들어 주세요."

무슨 말이기에 이렇게 뜸을 들이나 싶던 란데르트 공작의 눈이 커진 것은 바율의 입에서 '어머니'란 단어가 튀어나왔을 때부터였다.

"아버지, 어머니를 뵈었습니다. 어머니께서 정말로 살아 계셨어요. 어머니께서 어떻게 인간계에 오시게 되었는지, 왜 제게 이 펜던트를 남기셨는지 전부 들었습니다."

아들의 이야기가 길어질수록 란데르트 공작의 눈가가 파르르 떨렸다. 그의 심장 역시 무섭게 두방망이질 쳐 댔다.

3.

"…다른 이야기는 더 없었느냐?"

시시각각 표정이 변하던 란데르트 공작이 간신히 입을 떼며 바율을 쳐다보았다. 수천수만의 병사를 말 한마디로 호령하는 그가, 역사상 최강의 사나이라고 불리는 그가 바람이라도 불면 툭 하고 쓰러질 것만 같은 얼굴을 하고 있었다.

핏기 없는 안색과 하얗게 도드라진 손마디가, 공작이 지금 얼마나 많은 것을 인내하고 있는지를 대변했다. 그나마 전처럼 어깨를 떨구고 흐느끼지 않으시는 게 다행이라면 다행이었다.

아버지의 그런 모습은 두 번은 보고 싶지 않았다. 아니, 보기 싫었다. 그 괴로움이 마치 자신에게로 전이되는 것 같아서 바율은 견딜 수가 없었다.

"통로가 열린 시간이 그리 길지 않아서……."

정령계가 복원되기 전까지는 언제 또 그런 행운이 있을지 현재로서는 알 길이 없었다.

"제가 더 열심히 할게요. 반드시 아버지와 어머니를 만나게 해 드릴 겁니다."

그건 스스로에게 하는 다짐과도 같았다. 전대 정령왕의 기운을 계승하게 되면서 생긴 사명감과는 달랐다.

바율이 의도한 것은 아니나, 그로 인해 부모님은 헤어지실 수밖에 없었다. 그에겐 그에 대한 부채 의식이 있었다.

하루라도 빨리 정령계를 원래대로 되돌려 두 분이 자유롭게 만나는 상상을 매일 밤 꿈꾼다. 그것만이 바율이 아버지와 어머니에게 해 드릴 수 있는 전부였다.

'바일이 있었더라면 더 좋았을 텐데…….'

아버지에겐 차마 표현하지 못했지만, 어머니를 뵙고 나자 형의 부재가 새삼 바율을 아프게 했다.

어머니는 형이 죽은 것을 알고 계실까?

바율은 문득 그런 궁금증이 들었지만, 한편으로는 차라리 모르고 계셨으면 좋겠다고, 나중에 자신이 어머니를 직접 위로할 수 있을 때, 그때 고백하는 게 나을 것 같다고 막연하게 희망했다.

"하아, 이베트……."

그간 '어쩌면'이라고 추측하고만 있던 것들이 사실로 드러나자 란데르트 공작은 큰 혼란에 빠졌다.

아내가 살아 있다.

이베트와 바율이 만났다.

그녀가 자신을 그리워하고 있다.

언제가 될지는 알 수 없으나, 이베트를 다시 만날 수 있다.

그 기대감이 공작으로 하여금 제게는 사라진 줄로만 알았던 낯선 감정을 불러일으켰다.

언제나 그랬다. 그녀가 곁에 있으면 공작은 자신이 꼭 다른 사람이 된 것 같은 기분이었다. 모든 신경이 그녀에게로 쏠려 다른 무엇도 들어오지 않았고, 그로 인해 수하들에게 항상 타박을 듣고는 했다.

마냥 보고만 있어도 좋았다.

그저 함께 있는 것만으로도 자신을 행복하게 해 주는 여인이었다.

'이 손으로 당신을 다시 만질 수만 있다면······.'

손바닥을 펴고 그것을 내려다보는 란데르트 공작의 눈에 열망이 어렸다. 그럴 수만 있다면 제 남은 목숨의 반이라도 기꺼이 떼어 줄 만큼, 지독하게도 그녀가 보고 싶었다.

그 소원이 너무 간절한 나머지 공작은 바일을 떠올리지도 못했다.

"크흠. 바율 도련님. 그럼, 마나 게이트는 천족의 짓이라는 것입니까?"

부자 사이에 긴 침묵이 이어지자 사다드가 어색하게 끼어들었다. 주군의 반려에 대한 소식이니 당연히 그에게도 반갑고 놀라웠다. 하나 그것을 표현하기에 앞서 우선은 짚고 넘어가야 할 문제가 산재했다.

아카데미에 몬스터가 난입한 것은 꽤 큰 사건이었고, 만월 기사단은 그에 관한 모든 정보를 상세히 알아 두어야 할 필요가 있었다.

캐링스턴에서 벌어진 일이라고는 하나, 공작은 엄연히 제국의 총사령관이다. 그리고 이곳엔 나라의 내로라하는 가문의 자식들이 상당수 다니고 있다.

그러니만큼 추후 같은 일이 발생하지 않게 방비를 철저히 해서, 아카데미 학생과 학부모들을 안심하게 할 책임이 공작에겐 있었다.

"네, 사다드 경. 그들의 흔적이 고스란히 발견되었습니다. 데스가 쫓기도 했고요."

놓치긴 했지만 천족의 발목을 잘랐다는 말을 해 주자 사다드가 입을 쩍 벌렸다.

"마족이 천족에게 그래도 되는 겁니까?"

"먼저 나쁜 짓을 벌인 건 그쪽인 걸요."

사다드도 일반인들과 마찬가지로 천족에 관한 무조건적인 호감이 있는 듯했다. 천족은 착하고, 마족은 나쁠 거라는 편견. 바율 역시 직접 겪어 보기 전까지는 그러했기에 그런 마음을 십분 이해했다.

"어머니께서 그러시더군요. 무슨 일이 생기면 크리스 씨에게 도움을 청하라고요."

"…마황에게 말이냐?"

란데르트 공작의 이마에 빗금이 그려졌다. 이베트는 마황의 짐작대로 아그니스가 맞았고, 둘은 제법 가깝게 지낸 모양이었다.

"네. 크리스 씨를 무척 신뢰하는 느낌이셨어요."

"그랬구나……."

자신은 모르는 이베트의 모습을 알고 있는 존재. 우습게도 순간 공작은 묘한 질투심에 사로잡혔다.

그녀를 처음 만났던 때와 비슷했다. 이베트가 다른 남자들에게 웃어 주는 것조차 불쾌했던 기억이 난다.

그녀를 앞에 둔 채 자신이 얼마나 머저리 같이 굴었던가. 잊고 있던 기이한 열기가 그의 단전에서부터 용솟음쳤다.

"……."

아들의 목에 걸린 펜던트를 향한 란데르트 공작의 눈빛이 이제껏 내보인 적 없는 색을 띠었다. 사랑하는 아내를 떠올리자니 갑자기 목이 타며 뒷덜미가 바싹 죄어드는 듯했다.

"어쨌든 천족이 이번 일을 벌인 이유를 파악하지 못한 이상, 또 그러지 말란 보장이 없겠군요. 공작 전하, 대책 마련을 서둘러야겠습니다."

"아닙니다, 사다드 경. 그건 제게 맡겨 주세요."

"예? 도련님……."

"인간이 아니잖아요. 아무리 만월 기사단이라고 해도 천족을 감당할 순 없을 겁니다."

"하오나 그들이 또다시 몬스터를 끌어들이거나 한다면 많은 사상자가 발생할 텐데요. 그땐 지금처럼 넘어가지 못할 겁니다."

"글쎄요, 천족이 같은 일을 또 벌일 것 같지는 않아서요. 게다가 이사장님도 와 계시는 데다, 이제 저도 상대의 정체를 알았으니 얌전히 당하고만 있지는 않을 겁니다."

천족으로 인해 정령계가 멸망했다. 마황에게 더 들은 것은 없지만, 이번 사건을 계기로 바율은 거의 확신했다.

천족이란 단어가 주는 무게감과 압박감이 벌써부터 그를 짓눌렀지만, 피할 생각은 추호도 없었다.

바율에겐 정령계를 기필코 복원시켜야 할 이유가 생겼다. 그걸 방해하는 이가 있다면 누구든 싸워서 이겨 낼 것이다.

기실 겉으로는 아무것도 하지 않는 것 같지만, 바율은 이미 정령들을 통해 아카데미를 철저히 감시하는 중이었다. 수상한 기미가 포착되면 언제든 대응할 수 있도록 나름의 준비를 하고 있었다.

게다가 상대는 데스에 의해 발목이 잘렸다. 천족이 가진 능력에 따라 회복의 정도가 다르다고는 했지만, 대마족인 데스에게 당했으니 원상 복구가 그리 쉽지는 않을 거라고 들었다.

당분간은 숨죽인 채 어디선가 자신을 지켜보고 있을 수도 있을 것이다. 정령석의 파괴가 아무런 해를 끼치지 못했다는 것을 알게 되면 어떤 반응을 보일지도 심히 궁금했다.

"그, 뭐더라. 셰임이 쓰는 대지의 기억인가? 그거로는 살펴보신 겁니까?"

"안타깝게도 천족과 마족의 흔적은 대지의 기억으로 볼 수가 없다고 해요."

"이런, 그게 완벽한 건 아니었군요."

사다드는 처음에 셰임의 그 능력을 알고 열광했었다. 다른 정령들의 능력도 훌륭하지만, 대지의 기억을 읽는다는 건 전략과 전술을 짜야 하는 그에겐 엄청난 이점으로 다가왔기 때문이다.

랑트를 개발할 때도 느낀 거지만, 사다드는 사대 정령 중 셰임이 가장 마음에 들었다. 물론 진중한 그의 성격도 그에 한몫했다.

"아직 상급 정령이니까요. 정령왕이 되면 달라질 수도 있을 겁니다."

사대 정령이 정령왕이 되는 순간. 아득하게만 여겼던 그날이 이제는 손꼽아 기다려진다. 그 시기가 어서 왔으면, 하고 바율은 바라고 또 바랐다.

"참, 랑트는 어떤가요? 공사는 거의 마무리가 되었을 것 같은데."

"예, 그렇습니다. 말씀하신 대로 공사는 끝났고, 지금은 손님 맞을 준비로 다들 바쁘게 지내고 있습니다. 자고로 첫인상이 중요한 법 아니겠습니까? 방문하는 이들에게 충격과 감동을 동시에 선사하려면 대충해서는 안 되지요."

"사다드 경이 저 때문에 수고가 많으시네요."

"그래도 꽤 재미를 느끼는 중입니다."

빈말이 아니었다. 안 그래도 바쁜 그가 더 바빠지긴 했지만, 랑트를 개발하는 건 또 다른 즐거움을 주었다. 적성에 맞는 일을 새롭게 찾은 느낌이랄까.

"겨울이 오길 이렇게 간절히 기다려 본 적은 처음이네요."

북에서 불어오는 북풍을 매년 정면으로 맞는 해밀턴의 겨울은 춥고 삭막하다. 랑트의 존재는 그런 해밀턴에게 한 줄기 등불이나 마찬가지였다.

"언제 한번 날 잡아서 만월 기사단 단체로 온천에 가는 것도 좋겠다 싶습니다. 친목 도모 겸해서 말이죠."

"아, 저…… 그러고 보니 드릴 말씀이 한 가지 더 있습니다."

사다드가 만월 기사단을 거론하자 좀 전에 봤던 아이작이 생각나면서, 자연스레 잠시 잊고 있던 라나사의 문제도 떠올랐다.

어차피 헤이즈도 그에 관해 알고 있었고, 곧 세이모어 백작님도 축제에 참석차 오신다고 하였다. 아버지께서는 세이모어 백작님과 막역한 사이시니, 어쩌면 뭔가를 알고 계실지도 모르는 일이다.

로건과 라나사를 위해서라도 바율은 아버지께 도움을 요청하고 싶었다.

"세이모어 백작님에 관한 것입니다."

"…그랜트에 대해서 말이냐?"

이베트에 대한 이야기가 더 남은 것일까 하고 내심 긴장하고 있던 공작은 난데없이 세이모어 백작이 튀어나오자 의아한 기색이었다.

"그게…… 어디서부터 어떻게 말씀드려야 할지……."

말을 꺼내긴 했는데, 막상 무엇부터 시작해야 할지 바율은 머릿속이 복잡했다. 아버지는 라나사가 누군지도 모르시는 데다, 그녀가 어떻게 자랐는지, 어떤 아픔이 있는지 아무것도 알지 못하신다.

거기에 절친한 사이인 세이모어 백작님까지 관련되어 있으니, 적잖은 충격을 받으실 게 분명하다.

"심각한 얘기인 것이냐?"

"혹 제가 불편하신 거라면 나가 있겠습니다."

눈치 빠른 사다드가 자리를 피하려 했지만, 바율은 고개를 저었다.

"아니요. 사다드 경께서도 함께 들으시는 게 좋을 것 같습니다."

그는 아버지의 수행 기사였다. 로건의 말처럼 언젠가는 모두가 알게 될 일, 아버지를 대신해서 많은 일을 처리하는 그가 먼저 아는 것이 오히려 더 나을지도 몰랐다.

"제게 라나사라는 친구가 있습니다."

"라나사? 일전에 베르가라에 사절단으로 함께 왔던 아이가 아니냐?"

"기억하고 계셨습니까?"

"이름과 얼굴 정도는."

아들과 함께 온 라나사는 나이답지 않게 서늘한 분위기가 풍기는 소녀였다. 그래서 한 번 보았을 뿐인데도 공작의 기억에 남았다.

"그 친구는…… 사생아예요."

"사생아?"

"네. 아버지가 누군지 모른다고 들었어요. 친부로 알려진 보스트리지 남작님이 실은 외숙부이고, 열다섯 살이 될 때까지 보육원에서 자랐다고 해요."

바율이 라나사에 대한 이야기를 할수록 란데르트 공작이 미간에 점점 주름이 짙어졌다.

"그런데, 아버지."

바율은 결국 해야만 할, 가장 중요한 말을 앞두고 침을 꿀꺽 삼켰다.

"라나사가 헤이즈 경과의 대련에서 오러를 발현했습니다."

공작의 두 눈이 살짝 커졌다. 재능이 뛰어난 아이라고는 짐작했지만, 그래도 '벌써'라는 생각이 드는 건 사실이었다.

"…순흑빛 오러였습니다."

"순흑빛…… 오러요?"

되물은 건 사다드였다. 순흑빛 오러는 세이모어 백작가를 뜻하는 말과도 같았기 때문이다.

"그럼 설마 라나사란 아이의 아버지가……?"

사다드는 차마 끝까지 말을 잇지 못했다. 세이모어 백작은 그 역시 매우 잘 아는 인물이었다. 처음 든 생각은 뭔가 말이 안 된다는 것이었다.

"아버지께서도 아시죠? 광기를 다스리려면 호흡법을 익혀야 한다는 거."

"그들 가문의 전통이지."

"그래서 결국 아무것도 모르는 라나사에게도 말할 수밖에 없었어요. 네가 찾고 있는 친부가 아무래도 세이모어 백작님인 것 같다고……."

"로건도 알고 있느냐?"

"네……."

아들의 표정을 보아하니 로건이 지금 어떤 심정일지 가히 짐작이 갔다.

"휴우, 성급한 녀석들."

"아버지……?"

공작은 충격을 받을 거란 바율의 예상을 깨고 느닷없이 긴 한숨을 내쉬었다.

"그랜트는 아닐 것이다."

"예?"

"내가 아는 그는 그럴 사내가 아니거든."

"하지만……."

"사다드."

"네, 공작 전하."

"가서 아이작을 불러오게. 물어봐야 할 게 생겼군."

언제고 술에 진탕 취해서는, 혀가 꼬부라진 말투로 알아들을 수 없는 말을 늘어놓던 그의 모습이 불현듯 떠올랐다.

아이작, 대체 무슨 짓을 저지른 것이냐.

아끼는 수하에 대한 번뇌가 공작을 잠식했다.

Chapter 10.
믿을 수 없게도

1.

주말이 순식간에 지나가고 드디어 가을 축제가 시작되었다.

지난 몇 달간 지진과 때아닌 몬스터의 습격으로 아카데미 학생들뿐 아니라 교수와 직원들까지 꽤 다사다난한 시간을 보냈다.

그러나 막상 축제가 열리자 다들 언제 그랬냐는 듯 과거는 잊은 채 흥겨운 분위기에 도취되었다.

게다가 금번 축제에는 무려 란데르트 공작이 참석하였다. 만월 기사단을 이끌고 친히 아카데미를 방문한 공작의 늠름한 모습에 남녀노소를 막론하고 모두가 시선을 뺏겼다.

십년전쟁을 끝낸 제국의 영웅을 직접 마주하는 소감은 결코 말로는 표현하기 힘든 기쁨과 열락, 그 자체였다.

뿐인가.

아카데미 2년생이라는 공작의 아들은 자연을 제어한다는 정령사였다.

황도에 비를 내려 가뭄을 해결하고, 황제에게 직접 봉토와 작위를 하사받은 위대한 첫 번째 정령사.

두 부자가 나란히 함께 있는 모습을 본 사람들은 이제 죽어도 여한이 없다며 눈물까지 흘렸다. 이때가 아니면 그들이 어찌 또 이러한 장면을 목격할 수 있겠는가.

더욱이 공작은 사석에선 거의 만날 수조차 없는 존재였다. 그렇기에 작금의 시간이 사람들에겐 더없이 소중했다.

란데르트 공작과 바율을 보기 위함인지 이번 축제에는 제국민뿐만 아니라 타국인들도 많이 참가했다. 그 규모가 흡사 황제를 알현하는 사신단을 방불케 했다.

그들은 초대장을 얻기 위해서 아카데미에 거액의 기부금을 내놓아야 했지만, 그걸 아까워하는 자는 없었다. 어떡해서든 공작과 바율 중, 어느 한쪽이라도 연줄을 대어 놓는 것이 그들에게 내려진 임무이자 최대 목표였다.

하지만 란데르트 공작과 바율이 축제의 개회 선언을 마치자마자 어디론가 바삐 움직여 사라지는 통에 그들의 계획은 첫날부터 물거품이 되었다.

"형님, 무슨 일입니까?"

란데르트 공작이 실내로 들어서자 세이모어 백작과 로건이 자리에서 급히 일어났다. 그들은 공작의 전갈을 받고 축제를 즐기기도 전에 불려 온 상태였다.

"우선 앉게."

바율은 세이모어 백작에게 묵례하며 힐긋 로건의 안색을 살폈다. 핼쑥하게 여윈 얼굴은 녀석이 그간 마음고생을 얼마나 심하게 하였는지 말해 주고 있었다.

그런 로건을 향한 란데르트 공작의 눈매가 가늘어졌다. 제 아비를 단단히 오해하고 있는 녀석이 안쓰러우면서도 한편으로는 기가 찼다.

아이작의 평소 모습을 생각하면 이해가 아주 안 가는 것도 아니었지만, 그래도 어떻게 묻기도 전에 덜컥 단정부터 내린 것인지. 녀석답지 않았다.

세이모어 백작이 나중에라도 이 사실을 안다면 아들에게 서운함을 느낄지도 모를 일이었다.

"심각한 사안입니까?"

란데르트 공작의 심중과는 별개로 세이모어 백작은 머릿속으로 황실을 떠올렸다. 지금 도당의 최대 관심사는 카트린느가 낳을 아기의 성별이었다.

얼마 전, 그녀의 품계가 후궁에서 황비로 승격되면서 많은 말들이 나돌았다. 보이텍 후작가에 줄을 대기 위한 움직임이 이전보다 심화되었고, 그에 따라 자연스레 린데만 황태자의 입지가 줄고 있었다.

황태자를 아끼는 황제이니만큼 당장 큰 사달이 나지는 않겠지만, 미래는 아무도 모르는 것이었다. 카트린느 황비에게 푹 빠진 황제가 후에 어떤 결정을 내릴지 불안하지 않다면 거짓말이었다.

"심각하지."

세이모어 백작의 성마른 물음에 란데르트 공작은 고개를 주억이며 대답했다. 그러자 백작의 표정이 단박에 굳어졌다.

"아들이 확실한 모양이군요."

아직 출산 전이었지만, 보이텍 후작 측의 당당한 태도를 보면 어떤 방식으로든 미리 알아낸 것이 틀림없었다.

"아니, 딸일세."

"…예? 딸이라고요?"

세이모어 백작은 쉬이 이해가 가질 않았다. 황자가 아닌 황녀의 탄생이었다. 그건 린데만 황태자를 지지하는 그들에겐 퍽 다행한 일이라 할 수 있었다.

한데 안도하진 못할망정 심각한 일이라니?

"그랜트."

란데르트 공작이 세이모어 백작을 지그시 응시했다. 막역한 사이이니만큼 그가 무슨 생각을 하고 있는지 눈에 보이듯 훤히 그려졌다. 오해를 바로잡고자 서둘러 말을 이었다.

"자네에게 조카가 생긴 것 같네."

"조카요? 지금 제게 조카가 생겼다고 말씀하시는 겁니까?"

끄덕.

"여자아이네. 올해 열아홉 살이라고 하더군."

"형님, 대체 그게 무슨……."

세이모어 백작에게 형제라고는 아이작뿐이었다. 조카라면 그의 자식이라는 뜻인데, 아이작은 결혼은커녕 여인에게는 관심조차 없는 가문의 골칫덩이였다.

"의아하겠지. 이해하네."

바율은 세이모어 백작의 옆에서 덩달아 눈을 부릅뜨고 있는 로건을 향해 조용히 하라는 신호를 은밀히 보냈다.

기실 녀석에게는 등교하자마자 미리 말해 주고 싶었지만, 축제로 인해 새벽부터 몰린 사람들 때문에 이제야 만났다.

라나사와 자신이 이복 남매라고 철석같이 믿고 있었던 로건은 지금 심장이 덜컹거릴 정도로 놀란 상태였다.

"라나사 델 보스트리지. 기사학부 2년생이고, 매 시험에서 수석을 차지하는 인재라고 하더군."

"……."

세이모어 백작은 말이 없었다. 란데르트 공작을 누구보다 잘 아는 그였다. 축제의 첫날부터 이리 불러내서 괜한 소리를 할 사람이 아니었다. 농담조차 잘 하지 않는 그가 아니던가.

그렇다는 건 공작의 말이 전부 사실이고, 여전히 믿기 어렵지만 자신에게 정녕 조카가 있다는 얘기였다.

"아이작, 이 자식이……!"

열아홉 살이면 아이작이 성인이 되자마자 사고를 쳤다는 뜻이기도 했다. 세이모어 백작은 전혀 몰랐다. 아니, 상상조차 하지 못했다.

별난 성격에 매일 술에 절어 사는 동생이지만, 이렇게까지 막장은 아니라 여겨 왔다.

"혹시 놈도 알고 있습니까?"

"그랬으면 벌써 난리가 났겠지."

지난 토요일, 공작은 바율에게 라나사에 대해 처음 들었을 때 아이작을 불러들였다. 다만 그에게 딸로 추정되는 아이가 있다는 건 말하지 않고, 확인차 몇 가지만 묻고 돌려보냈다.

"클로에가 누구인가?"

"…그 이름은 어떻게 아셨습니까?"

란데르트 공작을 눈앞에 두고서도 차가운 표정으로 일관하던 아이작이, 그 이름을 듣는 순간 어깨를 흠칫 떨었다. 좀처럼 놀라는 법이 없는 그이기에 공작은 자신이 제대로 짚었음을 확신했다.

"자네가 술만 먹으면 하도 불러 대는 이름이라서 궁금해서 그러네."

한두 번뿐이었지만, 공작은 짐짓 사실인 척 굴었다.

"…제가 그랬습니까?"

"여인에게는 통 관심이 없는 줄 알았는데, 그녀 때문이었나?"

"……."

"중매라도 서 줄 테니 말해 보게."

"…소용없습니다."

아이작의 초점이 흔들렸다. 그가 회한이 서린 눈빛으로 바닥을 내려다보며 자조하듯 내뱉었다.

"이미 세상에 없는 여인입니다."

"세상에 없어……?"

"오래전에 죽었습니다. 제가 더 빨리 찾아갔어야 했는데……."

아이작은 클로에가 죽었다고 말했다. 비통에 젖은 채 얼굴을 일그러뜨리는 그는 진심으로 괴로워하고 있었다.

"아이작은 아이의 어미가 죽은 줄 알고 있네."

"…그게 사실입니까?"

"알려진 바로는."

공작의 말투는 평이했지만, 세이모어 백작은 그 속에서 고요한 분노를 읽어 냈다.

"주말 동안 조사를 해 봤네. 보스트리지 남작가에서 제법 그럴싸하게 꾸며 냈더군."

"그럼 살아 있다는 말씀입니까?"

"건강히 잘 지낸다고 하네."

"아니, 근데 멀쩡한 여인을 왜……?"

"혼인도 안 한 처자가 아비가 누구인지도 모르는 아이를 낳았으니. 게다가 자결 시도를 수도 없이 했다더군. 집안에 의해 보육원에 버려진 아이를 다시 데려오기 위해서 말일세. 일종의 시위였겠지."

"아이를 버리다니요! 그게 말이 됩니까?"

세이모어 백작은 격분했다. 그의 조카였다. 그 이전에 남작가의 핏줄이기도 했다. 인간의 탈을 쓰고 어찌 그런 짓을 벌일 수 있단 말인가!

"추문이 두려웠던 게지. 살아 있는 여인을 죽었다고 소문낼 정도로 세상의 시선을 신경 쓰는 가문일세."

잠시 잠깐 공작의 눈에 경멸의 빛이 스치듯 떠올랐다가 사라졌다.

"15년을 보육원에서 지냈다고 하더군."

쾅!

란데르트 공작의 말이 끝나기가 무섭게 세이모어 백작이 주먹을 내리쳤다. 오크 나무로 제작된 단단한 팔걸이가 쩍쩍 금이 가더니 한순간에 폭삭 주저앉았다.

"아마 그래서 아이작도 몰랐던 모양이야."

"그 멍청한 자식은 그런 짓을 벌이고도 이제껏 그렇게 태평히 술을 처마신 겁니까?"

백작의 노기가 이제 자신의 동생에게로 향했다.

"아이의 엄마가 임신한 동안은 대체 뭘 했답니까? 아무리 전쟁 중이었다고 쳐도, 진작 찾아갔더라면 최소한 그 아이가 아비 없는 자식이란 소리는 듣지 않았을 것 아닙니까!"

흥분한 세이모어 백작은 로건과 바율이 있다는 것도 잊은 채 험한 욕설을 연이어 토하며 분개했다.

"아이작에게도 사정은 있었네. 시기를 따져 보니 그때더 군."

"…그때요?"

"아이작이 막 성인이 되었을 때를 생각해 보게."

"녀석이 성인이 되었을 때라면…… 설마……!"

무심코 과거를 되짚어 보던 세이모어 백작의 얼굴에 어느 순간 경악이 서렸다. 이건 신의 장난질이 분명했다. 하필이면 '그때'라니.

"아이작은 근 2년을 지옥 속에서 살았네. 이능을 얻은 대가로."

"하아, 어떻게 이런 일이……."

"자네도 알지 않나. 아이작이나 되니 2년 만에 극복한 것을. 내 짐작이지만, 그 이후에 뒤늦게 찾아갔다가 그녀가 죽었다는 소식을 접한 것 같아. 아이를 낳은 것도, 그 아이를 보육원에 맡긴 것도 남작가에서 쉬쉬했으니 당연히 몰랐을 테고."

"타이밍 한번 기가 막히는군요."

동생을 영영 잃을지도 모른다고 생각하던 날들이 있었다. 아이작의 인생에서 가장 큰 변화가 있던 시점. 지금은 모든 시련을 이겨 내고 당당히 살아가고 있는 녀석이지만, 당시엔 죽을 고비를 수도 없이 넘겼다.

그 시기를 기점으로 아이작의 성정도 완전히 뒤바뀌었다. 백작에게는 너무나 고통스러운 일이었기에 기억 속에서 완전히 지우고 살았다.

"다만 내가 의아한 건, 그 여인이 아이작의 신분을 왜 집안에 밝히지 않았는가 하는 것이네."

듣고 보니 그랬다.

그때나 지금이나 세이모어 백작가는 보스트리지 남작가와는 비교조차 할 수 없는 명문가였다. 그녀가 진작 말했더라면 남작가에선 분명 두 팔 벌려 환영했을 것이다. 남의 시선을 그리도 중하게 여기는 집안이라면 세이모어가를 마다할 이유가 없었다.

"그녀에게도 말하지 못할 무슨 까닭이 있었던 것인지……."

"그런데 형님께선 어떻게 아신 겁니까?"

백작은 그제야 자신도, 동생도 모르고 있던 혈육의 존재를 란데르트 공작이 무슨 수로 알아냈는지 의문이 들었다.

"오러. 그 아이가 순흑빛 오러를 발현했네."

"……!"

다른 설명은 들을 필요도 없었다. 그것만으로도 라나사는 세이모어 백작가의, 그것도 직계의 피를 이었다는 것을 증명한 셈이었다.

"로건, 너도 본 것이냐?"

"네, 아버지……."

아들과 같은 학부에, 같은 학년이었다. 이야기를 들으며 별반 놀라지도 않는 모습을 보니 왠지 그럴 것 같았다.

"그 아이…… 내 조카는 무사한 거겠지?"

호흡법도 익히지 않은 채 순흑빛 오러를 내보였다는 건 대단히 위험한 일이었다.

"마침 헤이즈 경께서 함께 계셨습니다."

"헤이즈에게 신세를 졌군."

세이모어 백작이 나직이 한숨을 뱉더니 서슬 퍼런 기세로 공작에게 물었다.

"아이작 그 자식, 지금 어디에 있습니까? 해밀턴입니까?"

"아니. 이곳에 와 있네."

"움직이기 싫어하는 녀석이 축제는 또 와 보고 싶었던 모양이네요."

백작의 이죽거림에 공작은 부러 대답하지 않았다. 조금만 이성적으로 생각해 보면 아이작이 이곳에 있는 이유를 충분히 짐작할 수 있을 것이다.

그러나 난데없는 조카의 등장에 흥분한 백작은 미처 거기까지는 생각하지 못했다. 오로지 동생을 어떻게 족칠까 고민하는 것 같았다.

2.

세이모어 백작이 동생을 떠올리며 이를 갈고 있을 그 시각. 당사자인 아이작은 아무것도 모른 채 캐링스턴 아카데미를 어슬렁거리는 중이었다.

주로 밤 시간대에 깨어 있는 편인 그는 이처럼 낮에 돌아다니는 것이 익숙지 않았지만, 형과 조카들을 만나기 위해선 어쩔 수 없었다.

상당히 귀찮은 일이긴 해도 이럴 때 한 번씩 얼굴을 비쳐 놔야 당분간 성가시게 하지 않을 것이다. 저만 보면 잔소리를 퍼붓는 형 때문에 마주하면 골치는 좀 아프겠지만, 미우나 고우나 그에겐 하나뿐인 형제였다.

"시끄러워 죽겠군."

축제의 첫날이다 보니 교내 각처에서 행사는 물론, 각종 대회의 예선전이 치러지고 있었다. 평소보다 많은 방문객으로 인해 응원하는 열기도 장난이 아니다. 저 멀리서 내지르는 함성이 바로 옆에서 외치는 것처럼 선명하게 들려왔다.

끝이 보이지 않을 정도로 길게 늘어선 간이 막사에선 식욕을 자극하는 냄새가 풀풀 풍겼고, 학생들이 준비한 간단한 놀이 같은 것들이 중간중간 보였다. 대부분 얼마간의 돈을 내고 하는, 단순하면서도 유치한 게임들이었다.

"아이작 선배."

그렇게 얼마나 걸었을까. 몬스터가 대거 쳐들어왔다는 타락의 숲으로 방향을 틀려는 찰나, 반가운 목소리가 그를 잡았다.

"이언."

"저도 있습니다, 선배."

이언의 뒤에서 헤이즈가 생글생글 웃으며 튀어나왔다. 같은 만월 기사단이지만 아카데미 보호를 위해 먼저 캐링스턴으로 떠났던 그녀인지라 퍽 오랜만의 상봉이었다.

"여기서 둘이 뭐 해? 농땡이라도 치는 중인가?"

"제가 선배인 줄 아십니까?"

"뭐야?"

"공작 전하와 바율 도련님께서 현재 세이모어 백작님과 이야기 중이시라, 잠깐 휴식이 주어졌을 뿐입니다."

"그래? 거기가 어딘데?"

매도 먼저 맞는 것이 낫다고, 일찍이 얼굴을 보여 주고 내뺄 참이었다. 이 넓은 아카데미를 다 뒤져야 하나 싶었는데, 뜻밖의 소득이었다.

"공작 전하께서 백작님께 중히 하실 말씀이 있는 듯했습니다. 두 분을 뵈시려거든 조금 더 시간이 흐른 후에 가시는 게 좋을 듯합니다."

"높으신 양반들이 주고받을 만한 얘기야 뻔하지."

"오늘은 좀 다를걸요."

"…뭔가 아는 눈치인데?"

헤이즈의 말투에서 묘한 뉘앙스를 감지한 아이작이 미간에 힘을 준 채 그녀를 쳐다보았다. 하지만 헤이즈는 그저 가볍게 미소 지을 뿐, 더는 아무 말도 하지 않았다.

그에게 새로운 조카가 생겼다는 걸 그녀가 무슨 권리로 먼저 아는 척할 수 있겠는가. 하물며 이언에게조차 입도 벙긋하지 않은 상태였다.

"그런데 이쪽으로 가면 타락의 숲인데, 미리 살펴보시려는 겁니까?"

"그냥 겸사겸사."

"저도 직접 보지는 못했지만, 제법 강한 놈들이었다고 하니 조심하십시오. 여차하면 제가 돕겠습니다."

"그러든가."

아이작은 굳이 거절하지 않았다. 이언 같은 실력자가 나서 준다면 작업을 한결 편하고 빠르게 끝낼 수 있었다. 마다할 이유가 없었다.

"그나저나 아이작 선배를 이런 데서, 심지어 낮에 보고 있으니까 되게 새롭네요. 딱딱한 표정은 뭐, 여전하시지만. 술을 안 드셔서 그런가? 적어도 음침해 보이지는 않으십니다. 그렇죠, 이언 선배?"

"그 말은, 그동안에는 내가 꽤 음침해 보였다는 뜻인가?"

"엄, 그냥 가끔 사람 같지 않아 보이실 때가 있으셨죠."

"암만 생각해도 욕 같은데."

"제가 선배를 얼마나 존경하는지 아시잖아요. 곡해하지 말아 주십시오. 오늘 최고로 잘생겨 보이십니다."

"아주 병 주고 약 주는군."

헤이즈의 농 섞인 말에 아이작이 어이없다는 듯 고개를 설레설레 내저었다.

"선배님들! 우리 그러지 말고 후배님들 구경 가지 않을래요?"

"후배님들?"

"네, 여기 기사학부 애들 실력 장난 아니에요. 연무장에서 훈련하는 거 보니까 열의도 대단하더라고요. 제가 눈여겨 봐둔 학생도 좀 있습니다."

"호오, 헤이즈 네 눈에 차는 애가 있단 말이지?"

만월 기사단에서 이언 다음가는 실력자의 눈에 들었다니 흥미가 동했다.

아이작도 기사단 내에서 손꼽히는 실력자지만, 그는 일반적인 기사들과 약간 궤를 달리하는 경우였다. 그가 나서는 전장은 늘 최악의 전투가 벌어지는 곳이었고, 그때마다 그는 본인의 능력을 가감 없이 펼쳤다.

어떻게 보면 만월 기사단 내에서 이언과 헤이즈보다도 강하다고 말할 수 있는 유일한 기사가 바로 그였다.

"선배도 보시면 깜짝 놀랄걸요?"

"네 안목이 얼마나 쓸 만한지는 곧 알 수 있겠군."

아이작이 앞장서라는 듯 턱을 치켰다.

"이언 선배도 갈 거죠?"

"그럼 나만 따돌리려고 했어?"

"설마요."

헤이즈가 피식하더니 두 남정네를 데리고 검술 시합이 벌어지는 경기장으로 향했다.

3.

아이작과 라나사의 문제로 골머리를 앓게 된 세이모어

백작은 고민을 잠시 뒤로하고 일단 실외로 이동했다. 교수와 학우들을 몬스터에게서 구해 낸 공로로 표창장까지 받은 라피트가 검술 시합에 나가기로 했기 때문이다.

내내 말썽만 피우던 둘째 아들이 상을 받았다는 소식을 전해 들었을 때, 백작은 기이한 감정에 휩싸였다.

'이 녀석이 이제야 정신을 차리는 건가?' 싶은 마음이 드는 한편, '이러고 더 큰 사고를 치는 건 아닌가?' 하는 걱정이 동시에 들면서 이상하게 더 불안해졌다.

어려서부터 말도 많고 탈도 많았던 라피트 녀석은 뭐든 시키면 잘 해내는 장남 로건과는 달라도 너무 달랐다.

제 형과 비슷한 점이라곤 생긴 것밖에는 없었다. 마치 자신과 아이작처럼 말이다.

두 형제가 어쩜 그렇게도 자신들을 빼다 박았는지, 이제는 돌아가고 안 계신 부모님의 무덤을 찾아가서 대체 이게 어찌 된 거냐 묻고 싶을 정도였다.

"어떻게 됐어? 말은 잘한 거야?"

란데르트 공작과 바율도 세이모어 백작과 동행했다. 그들이 경기장에 도착하자 일라이와 퀸이 기다렸다는 듯 다가와 물었다. 이 자리에 있었다면 누구보다 요란스럽게 물어보았을 에이단은 오후에 열릴 승마 시합 준비를 하러 가고 없었다.

공작과 백작은 아카데미 측에서 마련한 귀빈석에 나란히 착석했다.

"휴우."

바율은 어른들과 떨어지자 그제야 참았던 숨을 몰아쉬며 로건을 살폈다.

"로건, 괜찮아? 먼저 말하지 못해서 미안해. 연락하고 싶었는데 방도가 없었어."

"뭔 소리야? 갑자기 바율 네가 사과는 왜 하는 건데?"

"로건 너는 얼굴이 또 왜 이러냐? 아직도 심란해서 그래?"

퀸과 일라이가 인상을 찌푸리며 바율과 로건을 번갈아 바라보았다.

"그게, 사실은 말이지."

바율은 라나사의 친부가 그들이 짐작했던 세이모어 백작이 아니라, 그의 동생이자 로건의 숙부인 아이작이었음을 빠르게 설명했다.

이야기가 진행될수록 로건의 안색은 점점 더 흙빛으로 물들었다. 아버지를 믿지 못했다는 죄책감에 괴로워하는 것이다. 어떻게 그리도 쉽게 제 아버지가 그런 사람일 거라고 단정했는지, 과거의 자신을 패대기라도 치고 싶은 심정이었다.

일라이와 퀸이 심심한 위로를 건넸지만, 당장은 효과를 보기 어려울 듯했다.

"근데 보스트리지 남작, 진짜 미친 거 아니냐? 멀쩡히 살아 계신 라나사의 어머니를 죽은 사람으로 꾸미는 게 말이 돼?"

"작년에 처음 캐링스턴으로 오던 날, 라나사의 어머니를 호이안역에서 잠깐 본 적이 있어. 그땐 별생각이 없었는데, 지금 돌이켜 보면 그래서 도르하가 아닌 그런 곳에서 몰래 만났던 것 같아."

"라나사가 전부 털어놓은 줄 알았는데, 그것까지는 말하지 못한 모양이네. 하긴, 녀석 상황을 생각해 보면 그런 게 한두 가지가 아니겠지."

자신이 사생아라는 걸 떳떳하게 고백하면서도 차마 친모가 죽은 사람으로 취급되고 있다는 건 밝히지 않았다.

라나사의 어머니는 집안의 반대를 무릅쓰고 기어이 라나사를 낳았고, 15년이나 걸렸지만 결국 품으로 데려오는 데 성공했다.

그 과정과 방식은 충격적이었지만, 그녀로서는 아마 그것이 최선이었을 것이다.

미워하고 싶지만 미워할 수 없는 존재.

가장 증오하는 이가 친모라고 라나사는 말했지만, 어쩌

면 그건 그녀의 바람일지도 몰랐다.

"내가 다 열이 뻗치네. 보스트리지 남작인지 뭔지, 가만 두면 안 될 것 같은데? 야, 로건. 말 좀 해 봐. 그래서 너희 집에선 라나사를 어떡하기로 한 건데?"

"곧 어떻게든 결단을 내리시겠지. 지금은 일단 보스트리지 남작님만 피하면 될 것 같아. 라나사가 보육원에서 지냈다는 말에 백작님께서 화가 많이 나셨거든."

로건을 대신해서 바율이 답했다. 주먹질 한 번으로 단단한 나무를 손쉽게 부서뜨리는 분이셨다. 만일 당장 보스트리지 남작이 세이모어 백작의 눈에 띈다면 결코 무사하지 못하리라.

"그건 이미 그른 것 같은데."

"어?"

"저기. 저 인간이 제 발로 죽음의 소굴에 들어가고 있네."

일라이의 싸늘한 시선을 따라가던 바율은 화들짝 놀랐다. 순간 자신의 눈을 의심했다. 일라이의 말마따나 보스트리지 남작이 만면에 웃음을 띤 채 아버지를 향해 나아가고 있었기 때문이다.

바율과 친구들이 앉은 좌석은 시합이 벌어지는 무대와는 거리가 멀지만, 지대가 높아 상대적으로 시야가 넓은 편이었다. 란데르트 공작의 옆에 자리한 세이모어 백작은 이미 남작의 접근을 눈치채고 있었다.

"딱 보니 각 나오네. 도르하에서 바율 네가 그랬잖아. 공작 전하가 라나사를 눈여겨보고 계신다고. 넌 에둘러 경고를 한 거였지만, 저치는 그걸 못 알아듣고 저기까지 찾아갔네. 이런 상황을 뭐라고 하더라?"

"아, 내가 무슨 짓을……."

후회해 봤자 이미 늦었다. 수많은 인파를 뚫고 끝내 란데르트 공작에게 자신의 존재를 내보인 보스트리지 남작은, 제대로 말도 붙여 보기 전에 세이모어 백작의 살기 어린 눈빛과 마주해야만 했다.

"당신이 보스트리지 남작인가?"

확인차 다시 묻는 백작의 음성엔 고저가 없었다. 하나 서릿발 같은 냉기가 서려 있었다.

"그, 그렇습니다만…… 왜 그러십니까?"

남작은 자신도 모르게 말을 더듬었다. 살짝 오줌을 지린 것 같기도 했다. 어째선지 바라보고만 있어도 머리털이 쭈뼛 설 정도로 압박감이 느껴졌다.

"조카를 양녀로 들였다지?"

"……!"

"여동생은 죽은 것으로 위장까지 하고."

보스트리지 남작의 얼굴이 파리하게 질렸다. 당신이 그걸 어떻게 아느냐고 묻고 싶은데, 심장이 너무 벌렁거려서 입이 움직이질 않았다.

"아무리 세상의 눈이 무섭기로서니, 그 어린 걸 보육원에다가 버려?"

세이모어 백작이 이를 깨물며 양 주먹을 불끈 쥐었다. 당장 놈의 면상을 묵사발로 만들고 싶은 충동을 겨우 참는 중이었다.

"감히 내 조카를 그딴 식으로 취급했다니……!"

또다시 머리가 뜨거워지며 분노가 들끓었다. 겨우 진정하고 여기까지 왔건만, 무슨 운명의 장난질인지 딱 마주치고 말았다.

"지, 지금…… 조, 조카라고 하셨습니까?"

마침 검술 시합을 알리는 사회자의 목소리가 장내에 울려 퍼지며 라나사가 단상 위로 올라섰다. 보스트리지 남작이 손가락으로 그런 그녀를 가리키며 갈라진 목소리로 다시 한번 물었다.

"저, 저 아이가…… 정녕 세이모어 백작님의 조카라는 말씀입니까?"

"내 동생의 아이이니, 내게는 조카이지."

"어, 어떻게 그런……!"

"그간 내 조카에게 행해졌던 학대와 추행에 대해서 그냥 넘어가지는 않을 거라는 걸 미리 말해 주겠네. 조만간 저 아이 역시 정식으로 세이모어가에서 데려갈 것이고. 앞으로 보스트리지는 정상적으로 자녀를 양육할 수 없는 환경이 될 테니 말이야."

아직 어떤 계획도 없었거늘, 보스트리지 남작을 대면한 순간 세이모어 백작은 결단을 내렸다. 있는 죄뿐 아니라, 없는 죄도 물어다가 아주 박살을 낼 작정이었다.

주변에서 수군거리는 소리가 커졌다. 뭐가 어떻게 된 건지 잘은 몰라도 세이모어가에서 전쟁이라도 선포하듯 엄중한 경고를 날렸다.

그 파장은 결코 작지 않았고, 이내 축제에 참가한 귀족들에게로 알음알음 퍼졌다.

보스트리지 남작의 딸인 라나사가 원래는 세이모어 백작의 친조카라는 것이 중요 골자였다.

"크, 클로에……?"

그리고 그 시각, 단상에 올라선 라나사를 보고 충격에 빠진 이가 있었으니, 바로 아이작이었다.

평생 단 한 번도 잊은 적 없는 얼굴이었다. 성인이 되어 처음 파티에 참석했던 날, 집안에서 정해 둔 정략결혼 상대자가 있음에도 첫눈에 반해 그녀와 사랑에 빠졌다.

당시의 클로에와 똑같은 얼굴을 한 라나사의 모습에 아이작은 그대로 얼이 나갔다.

"선배, 왜 그래요?"

아이작은 눈을 비비고 또 비볐다. 믿을 수가 없었다. 주위의 소란한 분위기에도 아랑곳없이 한 마리의 고고한 학처럼 우아하게 검술 시합에 임하고 있는 소녀는 클로에와 쌍둥이라고 해도 믿을 수 있을 정도로 빼닮았다.

움직일 때마다 금빛 가루를 뿌리듯 아름답게 휘날리는 적금발의 풍성한 머릿결 하며, 밤하늘의 별을 박아 놓은 듯 신비하게 빛나는 보라색 눈동자와 섬세하게 솟은 유려한 콧날. 작고 도톰한 입술은 소녀가 호흡할 때마다 조금씩 열렸다 닫히기를 반복하고 있었다.

꿈에서밖에 볼 수 없었던 정인의 얼굴.

아이작은 넋을 잃은 채 망연히 중얼거렸다.

"말도 안 돼……."

세상 어딘가에 똑같이 생긴 사람이 하나쯤은 있다는 말을 들은 적이 있다.

도플갱어라고 하던가?

눈앞에 보이는 소녀는 클로에의 도플갱어가 분명했다. 그게 아니라면 아이작으로선 도저히 납득할 수 없는 상황이었다. 그녀가 아이를 낳았으리라고는, 더욱이 임신을 했을 거라고는 꿈에도 짐작하지 못했기에 그러했다.

"선배 눈에도 라나사의 남다른 재능이 보이나 보죠?"

"…라나사?"

라나사를 본 이래 처음으로 아이작의 시선이 그녀에게서 떨어졌다. 그가 헤이즈를 향해 흔들리는 눈동자로 물었다.

"저 아이의 이름이 라나사인가?"

"네. 제가 눈여겨보고 있다던 학생 중 한 명이에요."

실은 선배의 조카랍니다.

헤이즈는 입이 근질거리는 것을 겨우 참았다. 란데르트 공작과 세이모어 백작이 만났으니 오늘 내로 그도 알게 될 터였다.

갑작스레 생긴 조카로 놀라긴 하겠지만, 아이작의 성격상 큰 충격을 받거나 하진 않을 것이다. 무심한 그가 라나사에게 상처 주지 않기만을 바랄 뿐이었다.

챙그랑!

"…졌습니다."

그때, 몇 합 주고받지 않았는데 라나사의 상대가 떨어져 나갔다. 시합 중 검을 놓쳤으니 할 말이 없다. 3학년 중에서도 제법 실력이 있다고 알려진 그가 2학년, 그것도 여자에게 지고 말았다는 데 부끄러움을 느끼고 후다닥 단상 아래로 뛰어 내려갔다.

차앙!

반면 라나사는 마치 아무 일도 없었다는 듯 검을 회수한 뒤 초연한 자태로 무대에서 벗어났다. 과연 얼음 여신다웠다.

"저 아이가 보스트리지 남작의 친딸이 아니란 말이야?"

멍하니 라나사의 뒷모습을 지켜만 보고 있던 아이작의 귀로 '보스트리지'라는 다섯 글자가 들어온 것은 그때였다.

뻣뻣해진 그의 어깨가 천천히 소리의 근원지를 따라 돌아갔다.

"세이모어 백작이 자기 조카라고 했다던데? 근데 보스트리지 남작이 저 예쁜 아이를 학대하면서 키운 모양이더라고."

"세상에! 보스트리지 남작, 그렇게 안 봤는데 몹쓸 인간이었구먼!"

"다정한 아비인 척은 혼자 다 하더니, 이게 무슨 날벼락이래?"

"근데 세이모어 백작의 조카면, 백작 동생의 자식이란 얘기인가? 칠흑의 기사단이 아니라 만월 기사단을 택했다던 그 별종 말이야."

"세이모어 백작에게 형제가 더 있는 게 아니라면 그자가 맞겠지. 여태 결혼도 안 했다고 들었는데. 누구 여기 본 사람 있나?"

"아비는 그렇다 치고, 그럼 어미는 누구래? 설마 보스트리지 남작 부인은 아니겠지?"

"어머머! 남작 부인이 총각이랑 바람을 피운 거야?"

"그게 그렇게 되는 건가? 접점이 없을 텐데, 희한한 조합이네."

역시 소문이란 쉽게 왜곡되기 마련이었다. 세이모어 백작의 입에서 나온 말은 라나사가 동생의 아이라는 것뿐이었지만, 어느새 아이작과 남작 부인은 불륜 커플이란 꼬리표가 붙어 있었다.

"서, 선배……."

아이작과 함께 있던 이언과 헤이즈의 낯빛이 하얗게 질렸다. 이언은 조금 전 자신의 고막을 뚫고 들어온 말들을 도저히 믿을 수 없었고, 헤이즈는 라나사의 친부가 세이모어 백작이 아닌 아이작이란 사실에 경악했다.

"헤이즈……."

아이작이 거의 정신이 나간 듯한 얼굴로 그녀에게 물었다.

"저, 저 아이…… 라나사란 아이의 성이…… 보스트리지인가?"

"…네."

헤이즈는 그 순간 깨달았다. 뭔가를 더 물을 필요도 없었다. 어지간한 일로는 놀라지도 않는 선배가 어울리지 않게 말을 더듬고 있다는 건, 이미 사태 파악이 끝났다는 의미였다.

그는 처음부터 라나사의 재능을 보고 감탄했던 게 아니었다. 모친을 떠올리게 하는 라나사의 얼굴을 보고 놀란 것이다. 라나사가 그녀의 친모와 흡사한 외모를 가졌다는 건 일전에 들어서 알고 있었다.

'이걸 다행이라고 해야 하나?'

아이작은 적어도 유부남은 아니었다. 그에게 어떤 사정이 있는지는 모르겠지만, 세이모어 백작이 라나사의 친부가 아니라서 헤이즈는 내심 안도했다.

물론 그렇다고 아예 마음을 놓은 것은 아니다. 그녀가 조마조마한 심정으로 아이작을 지켜보았다.

"나이는…… 몇 살인지는 알아?"

"기사학부 2학년생이고, 열아홉 살이라고 합니다."

"열아홉……."

무심코 나이를 곱씹어 보던 아이작은 손바닥에 손톱이 박힐 정도로 주먹을 꽉 그러쥐었다.

클로에를 만난 것이 열여덟 살, 막 성년이 되었을 때였다. 불같은 사랑에 빠졌던 그들은 남들 눈을 피해 함께 밤을 보내기도 했다.

만일 그때 그녀가 아이를 가졌더라면, 그리고 그 아이가 무사히 태어났다면 딱 열아홉 살이었다.

"…왜지?"

그러다 문득 의아했다.

"본래 열아홉이면 4학년이어야 하는 것 아닌가?"

잠깐 봤을 뿐이지만, 라나사는 정식으로 서임을 받은 기사라고 해도 믿을 수 있을 만한 실력이었다.

유급을 한 것인지, 아니면 뒤늦게 입학을 한 것인지, 그랬다면 이유는 무엇인지 아이작의 머릿속에서 줄줄이 의문이 이어졌다.

"사정이 있어 2년 늦게 아카데미에 입학했다고 들었습니다."

"무슨 사정."

아이작은 이제 아예 대놓고 꼬치꼬치 캐물었다.

"그건…… 제가 말씀드리기가 좀 그렇습니다."

그에 대한 설명을 하려면 라나사가 태어나자마자 보육원에 버려졌다는 얘기를 꺼내야만 했다.

그러나 아이작이라면 그 말을 듣는 순간 보스트리지 남작을 죽이러 갈 것이다. 일말의 망설임도 없이. 그는 그럴 만한 배짱과 실력을 갖춘 사내였다. 존경하는 선배를 살인자로 만들 수는 없었다.

아이작의 눈꼬리가 사납게 휘었다. 뭔가 이상한 기운을 감지한 것이다. 파헤치는 듯한 그의 시선이 잠시 헤이즈에게 머물렀다가 이번에는 이언에게로 옮겨 갔다.

"넌? 너도 말하기가 그래?"

"선배……."

이언은 라나사가 세이모어가의 혈육이란 사실을 이제야 알았지만, 그녀가 어떻게 자라왔는지는 진즉에 알고 있었다.

하지만 그 역시 헤이즈와 같은 이유로 섣불리 입을 열 수 없었다.

"보스트리지 남작이 내 딸을 학대했다더군."

라나사의 호칭이 '딸'로 바뀌었다. 서늘하게 굳어 있던 아이작의 얼굴에 미약한 균열이 생겨났다. 놀란 와중에도 들을 건 다 들은 모양이었다.

"어미를 잃은 조카를 불쌍히 여기지는 못할망정, 부모 없는 자식이라고 손찌검이라도 한 건가? 2년이나 늦게 입학했을 정도면 어딘가 크게 다치거나 아팠던 것 같은데, 다행히 지금은 건강해 보이더군."

어느덧 주변의 공기마저 가라앉을 정도로 아이작은 차분해진 상태였다. 다른 사람들은 몰라도 이언과 헤이즈는 안다. 이건 그가 폭발하기 직전에 보이는 모습이었다.

"선배, 우리 여기서 이러지 말고 잠시 자리를 옮기는 게 어때요? 그 편이 더……."

"그래, 시간 낭비할 필요 없겠지."

당장 라나사를 쫓아가고 싶었지만, 우선은 보스트리지 남작인지 뭔지를 먼저 만나야 했다.

아이의 존재를 왜 이제껏 자신에게 숨긴 것인지, 왜 그에게 19년이란 세월을 빼앗아 간 것인지 제대로 묻고 대답을 들으리라. 응징은 그다음이었다.

클로에는 그가 유일하게 사랑했던 여인이었다.

그 여인이 남긴 소중한 보물을, 이제야 겨우 알게 되었다는 사실에 아이작은 분노를 금할 길이 없었다.

"서, 선배! 어디 가요!"

별안간 아이작이 몸을 획 돌리며 멀어지자 이언과 헤이즈가 다급히 그를 부르며 뒤쫓았다. 하나 아이작의 걸음은 멈추지 않았고, 노기는 점점 더 짙어졌다. 누구 하나는 반드시 죽이고도 남을 태세였다.

"아이작."

그렇게 무작정 걷던 그를 세운 것은 그와 비슷한 표정을 한 세이모어 백작이었다. 보스트리지 남작이 도망치듯 시합장을 떠난 후, 그는 씩씩대며 동생을 찾았다. 걸리면 복날에 개 패듯이 혼꾸멍을 내줄 참이었다.

어려서부터 자잘한 사건들은 많이 벌였었지만, 이런 대형 사고는 처음이었다. 아무리 녀석을 이해하려 노력해 보아도 소용없었다. 지금껏 딸자식이 있는 것도 모른 채 살아온 녀석이 그저 한심하고 기막혔다.

"보스트리지 남작, 지금 어디 있습니까?"

아이작의 황금색 눈동자가 선득하게 빛났다.

"라나사에 대해 들은 것이냐?"

"저도 모르는 딸이 존재하고 있더군요."

"그 아이가 순흑빛 오러를 발현했다."

"……!"

"폭주하기 직전에 막아서 별일은 없었다더구나."

세이모어 백작이 고맙다는 듯 헤이즈에게 잠시 눈인사를 건넸다. 하지만 그의 눈빛이 유해졌던 건 아주 잠깐이었다.

"네놈은 대체 뭘 하는 놈이야? 아무리 정신이 없기로서니 어떻게 자식이 태어난 것도 모르고 살 수가 있어! 그러고도 네가 명예로운 기사라고 할 수 있겠느냐!"

"명예로운 기사요? 전 단 한 번도 그딴 걸 염두에 두면서 살지 않았습니다! 제 인생이 꼬인 순간 클로에를 잃었는데 명예는 무슨 명예입니까? 제게는 그저 하루하루가 지옥 같았다고요!"

"뭐야? 이 자식이 뭘 잘했다고!"

"형님도 잘못하셨습니다! 형님이 멋대로 제게 정략결혼 상대를 붙이지만 않았으면 클로에와 다툴 일도 없었을 겁니다!"

그땐 그게 마지막이 될 거라고는 꿈에도 생각지 못했다.

그녀를 만난 순간 속절없이 사랑에 빠졌고, 둘은 급속도로 가까워졌다. 그러던 어느 날 그에게 정략결혼 상대자가 있다는 걸 안 클로에가 울면서 헤어지자고 했을 때. 아이작은 절대 그럴 일은 없을 거라며, 결혼을 깨고 돌아올 테니 기다려 달라고 애원했다. 하지만 그는 약속과 달리 돌아가지 못했다.

"그 빌어먹을 영감 때문에!"

그로 인해 특별한 이능을 얻긴 했지만, 아이작이 원한 것은 아니었다. 적합한 조건을 갖췄다는 이유만으로 강제로 벌어진 일이었다.

꼬박 2년을 살기 위해 버텼다. 초인적인 힘으로 이겨 냈지만, 뒤늦게 부랴부랴 찾아간 곳에서 그가 들은 건 그녀가 사고로 죽었다는 청천벽력과도 같은 소식뿐이었다.

"그래도 죽기 전에…… 아이를 남겼다는 말 정도는 해 줬어야지……."

제 영혼이라도 바칠 만큼 끔찍이 사랑했던 여인이지만, 딸의 존재를 감춘 것만은 원망스러웠다. 그가 사경을 헤매는 중이었어도, 형님에게 말 한마디만 했다면 기꺼이 그녀를 보호해 주었을 터였다.

내가 그만큼 미웠던 걸까.

그도 아니면 아이를 맡기기에는 못 미더웠을까.

이미 죽고 없는 여인이니 물을 수조차 없었다. 이런 상황에서도 아이작은 그녀가 너무 보고 싶어서 견딜 수가 없었다.

"당신이 내 아빠야?"

그때, 별안간 라나사의 싸늘한 목소리가 끼어들었다. 바율과 친구들이 란데르트 공작의 명으로 그녀를 데려온 것이다.

그들을 보자마자 라나사가 아무 말도 듣기 싫다고 해서 아이작이 친부라는 사실조차 말하지 못했다. 그런데도 그녀는 스스로 제 아비를 알아본 듯하다.

"클로에……."

라나사가 나타나자 아이작은 무심결에 다시금 옛 여인의 이름을 중얼거렸다. 그에 라나사의 고개가 한쪽으로 기울었다.

세이모어 백작과 매우 흡사하지만 어딘지 더 차가운 인상의 남자였다. 그가 자신을 보며 엄마의 이름을 말한 순간, 라나사는 이제껏 느껴 보지 못했던 광폭한 분노가 차올랐다.

제 어미가 그토록 그리워하던 사내가 눈앞에 있다. 그녀 역시 죽도록 보고 싶었지만, 그만큼 증오스럽기도 했다.

"엄마를…… 왜 버렸지?"

"……?"

"당신을 만나면 제일 먼저 묻고 싶은 말이 그거였어. 왜 나와 엄마를 버린 건지. 도대체 당신이 얼마나 대단하길래 내 엄마가 지금껏 잊지도 못하고 미련스럽게 사는 건지."

라나사가 두 눈에 독기를 가득 품은 채 차분하면서도 냉소적인 말투로 물었다. 둘은 깨닫지 못했지만, 화가 나면 되레 침착해지는 것이 소름 끼치도록 닮아 있었다.

"클로에가…… 그녀가 살아 있다고?"

되묻는 아이작의 음성이 사시나무 떨듯 흔들렸다.

십수 년을 그녀가 죽었다고 여기며 살아왔다. 그간의 고통이 송곳처럼 뇌를 찌르며 벼락같은 통증이 찾아왔다.

발밑이 푹 꺼지는 듯한 충격과 함께 그의 시야가 한순간에 뿌옇게 점멸했다.

〈다음 권에 계속〉

『제왕록』, 『무림에 가다』 시리즈의 작가 박정수
그가 거침없는 현대 판타지로 돌아왔다!

『신화의 전장』

주먹을 믿지 마라.
우리가 살아가는 이 땅에 인간을 벗어난 자들이 존재한다.

dream
books
드림북스

E 이탄 T A N

ORIGINAL FANTASY STORY & ADVENTURE

쥬논 판타지 장편소설

〈흡혈왕 바하문트〉, 〈샤피로〉, 〈하라간〉을 잇는
쥬논의 사대신수 시리즈, 그 마지막 이야기!

혹독한 훈련을 받고 가문을 위한 희생양으로서
다른 차원으로 보내진 이탄.
듀라한으로 다시 태어난 그는 신관이 되어
본래 세계로 돌아갈 방법을 찾기 시작한다.

dream books
드림북스